grafit

Chemnitzer Str. 31, D-44139 Dortmund
E-Mail: info@grafit.de
Internet: http://www.grafit.de

Umschlagzeichnung: Peter Bucker
Druck und Bindearbeiten: Elsnerdruck, Berlin
ISBN 3-89425-208-1
2. 3. 4. / 2005 2004 2003 2002

Jürgen Kehrer

Irgendwo da draußen

Kriminalroman

grafit

Der Autor

Jürgen Kehrer wurde 1956 geboren. Er lebt und arbeitet als freiberuflicher Schriftsteller in Münster.

Irgendwo da draußen ist der zehnte Krimi mit Georg Wilsberg. Seit 1990 läßt Kehrer den Privatdetektiv in der guten und weniger guten Gesellschaft der katholischen Bischofsstadt Münster schnüffeln. Bisher sind erschienen: *Und die Toten läßt man ruhen* (1990; vom ZDF verfilmt), *In alter Freundschaft* (1991; ebenfalls vom ZDF verfilmt), *Gottesgemüse* (1992), *Kein Fall für Wilsberg* (1993), *Wilsberg und die Wiedertäufer* (1994), *Schuß und Gegenschuß* (1995), *Bären und Bullen* (1996), *Das Kappenstein-Projekt* (1997) und *Das Schapdetten-Virus* (1997). Außerdem schrieb Jürgen Kehrer die Kriminalromane *Killer nach Leipzig* (1993) und *Spinozas Rache* (1995; alle Bücher bei GRAFIT) sowie Sachbücher über realen Mord und Totschlag in Münster vom 16. bis zum 20. Jahrhundert (*Mord in Münster; Schande von Münster*) und den historischen Kriminalroman *Tod im Friedenssaal* (Waxmann Verlag).

Ich tötete ihn, weil er aus Vinaróz stammte.
(Max Aub)

Vorbemerkung

Dies ist ein Roman. Sollten Sie in der Handlung und den Figuren Bezüge zu tatsächlichen Geschehnissen und real existierenden Personen erkennen, ist das Ihr Problem.

I

Es war an einem Montagmorgen im Oktober, als eine Frau am Telefon fragte: »Was kostet bei Ihnen die Untersuchung eines Todesfalles?«

Ich spielte gerade *Solitär* am Computer, die Karten lagen günstig, ich hätte zweifellos eine gute Zeit geschafft. Aber das Geschäft ging vor. »Kommt darauf an.«

»Worauf?«

»Ob es sich um Mord, Selbstmord, Unfall oder Krankheit handelt. Fast noch wichtiger als die Todesart sind jedoch der Ort und die näheren Umstände. Nehmen wir mal an, die Person, um die es geht, ist in Südamerika verschollen. Dann wird die Untersuchung enorm teuer, allein wegen der Reisekosten.«

»Nein, nein«, sagte die Frau schnell. Ihre Stimme klang kühl und beherrscht. »Die Person ist in Münster verstorben. Deshalb rufe ich ja Ihr Unternehmen an. Und es war Selbstmord.«

»Daran besteht kein Zweifel?«

»Nein, leider nicht. Sie hat sich mit Tabletten umgebracht. Es gab Andeutungen, und sie hat einen Abschiedsbrief hinterlassen.«

»Was, wenn ich fragen darf, wollen Sie denn dann untersuchen lassen?«

Sie zögerte einen Moment. »Das möchte ich nicht am Telefon erörtern.«

Ich sagte, ich sei zu einem persönlichen Gespräch bereit, blätterte eine Weile in meinem fast leeren Kalender, um ihr dann die freudige Mitteilung zu machen, daß ich in einer Stunde noch einen Termin frei hätte. Und im Anschluß an das Gespräch, nach Kenntnis aller Fakten und so weiter, würde ich ihr einen Kostenvoranschlag unterbreiten.

Sie dachte über meinen Vorschlag nach. Ich war sicher, daß ich den Auftrag an Land ziehen würde, wenn sie erst einmal ihre Geschichte erzählt hatte. Notfalls konnte ich immer noch mit Preisnachlässen arbeiten.

»Nun gut, ich komme.«

»Wissen Sie, wo Sie uns finden?«

»Ja, kein Problem, ich kenne mich in Münster aus.«

»Sehr schön. Ach, ich habe am Anfang Ihren Namen nicht verstanden.«

»Ich habe gar keinen Namen genannt.«

Ich wartete.

»Katja Lahrmann-Tiemen, mit Bindestrich.«

»Ich erwarte Sie, Frau Lahrmann-Tiemen.«

»Hast du den Fisch an der Angel?« fragte Koslowski, nachdem ich aufgelegt hatte.

»So gut wie.« Ich grinste meinen Partner an. Unsere Schreibtische standen sich gegenüber, so daß wir uns ohne langen Dienstweg unterhalten konnten. »Frau Lahrmann-Tiemen möchte wissen, wie es zu einem Selbstmord gekommen ist.«

»Wer ist tot?«

»Hat sie nicht gesagt. Ich nehme an, ein Verwandter.«

Koslowski nickte. »Ein bißchen schmutzige Wäsche waschen, wie?«

»Darauf läuft es wohl hinaus.« Ich klickte im *Solitär*-Menü auf *Karten geben*. Der Computer war vergrätzt, daß ich soviel Zeit vertrödelt hatte, und prompt schaffte ich es bei den nächsten drei Spielen nicht, die elektronische Patience aufzulösen. Anschließend erreichte ich als beste Zeit 122 Sekunden. Franka kam locker auf Zeiten unter 100 Sekunden, aber das war die Gnade der Jugend.

Nachdem ich genug gespielt hatte, steckte ich mir einen Zigarillo in den Mund und schaute paffend aus dem Fenster.

Die Bäume unten auf der Straße färbten sich in allen Schattierungen zwischen Gelb und Dunkelrot. Ich mochte den Herbst, solange er nicht feucht und kalt war und von den Bäumen nur traurige Skelette übrigließ. Auch meiner Haut ging es in dieser Zwischenzeit am besten. Sie konnte weder die stechende Sommersonne leiden noch die trockene Heizungsluft im Winter. Im Herbst gab sie sich friedlich und mit einem Minimum an Juckreiz. Eigentlich war der Herbst die ideale Jahreszeit, wenn nicht der Vorgeschmack auf trostlose Wintermonate in der Luft liegen würde. Und wer bis zum Herbst niemanden gefunden hat, der bleibt lange Zeit allein, wie ein deutscher Dichterfürst so oder ähnlich gedichtet hatte.

Koslowski hatte sich wieder in den Haufen Papiere vertieft, der vor ihm auf dem Tisch lag. Er arbeitete an dem größten und zur Zeit einzigen Fall, der das Detektivbüro *Wilsberg & Partner* beschäftigte. Ein Bauunternehmer glaubte, daß er von seinem Kompagnon betrogen wurde. Es ging um Subunternehmen, Leiharbeiter und einige andere unerfreuliche Aspekte des internationalen Kapitalismus. Nach den ersten, gemeinsamen Besprechungen hatte ich meinem Partner das Feld überlassen. Koslowski kam mit Bauarbeitern besser klar als ich. Mit Hilfe von Alkohol und Gesprächen an der untersten Stammtischkante holte er aus ihnen Informationen heraus, die sie einem ehemaligen Akademiker wie mir nie auf die Nase binden würden. Und es machte ihm auch noch Spaß.

Andererseits war ein Erfolg auch dringend notwendig. Denn abgesehen von ein paar kleineren Routineaufträgen, verlief die Geschäftsentwicklung schleppend. Vor gut zwei Monaten hatten Koslowski und ich bei *Security Check* gekündigt und uns selbständig gemacht. Hubert Disselbeck, der Bauunternehmer, war unsere große Chance. Sollten wir den Job zu seiner Zufriedenheit abwickeln, würde sich das in seiner Branche herumsprechen. Wenn nicht, blieb uns nur der Trost, daß unsere Fixkosten relativ gering waren.

Die Detektei *Wilsberg & Partner* residierte nämlich in meiner Vier-Zimmer-Wohnung im münsterschen Kreuzviertel. Ich hatte nicht einmal meinen Untermieter Jan vor die Tür setzen müssen, da er sein Betriebswirtschaftsstudium im Sommer erfolgreich beendet hatte. So konnten die wenigen, gleichwohl erforderlichen innenarchitektonischen Maßnahmen sozialverträglich durchgeführt werden. Aus den beiden vorderen Zimmern der Wohnung, die wir durch eine Holzwand im Flur vom hinteren Teil, meinen Privaträumen, abtrennten, machten wir ein Büro und ein Besprechungszimmer, ausgestattet mit zweckmäßigen und schlichten Möbeln. Nicht gerade Sperrmüll, aber nur zwei Preisklassen darüber.

Natürlich hätte ich gern ein Nobel-Büro in bester Lage und eine Sekretärin gehabt. Doch die mußten auf bessere Zeiten warten. Vorläufig genügte ein Anrufbeantworter. Außerdem verbrachte ich sowieso die meiste Zeit im Büro. Was sich jetzt hoffentlich ändern würde. Dank Katja Lahrmann-Tiemen, mit Bindestrich.

Als ich sie sah, schraubte ich den virtuellen Kostenvoranschlag sofort um einen vierstelligen Betrag nach oben. Die Perlenkette und das elegante, dunkelblaue Outfit drückten aus, daß Geld nicht zu ihren vorrangigen Problemen zählte.

Unter der Verkleidung steckte eine Frau von Mitte Dreißig, mit gefärbter, hellblonder Pagenfrisur und scharfen, wachsamen Gesichtszügen. Keine Spinnerin, wie ich befürchtet hatte, sondern ein Typ aus der Abteilung coole Geschäftsfrau.

Ich lotste sie in das Besprechungszimmer und bot ihr einen Kaffee an.

»Nein, danke, ich habe einen nervösen Magen.«

»Etwas anderes, vielleicht?«

»Haben Sie Koffeinfreien?«

»So etwas führen wir leider nicht.«

»Dann lieber gar nichts.« Sie musterte skeptisch die Einrichtung.

Ich lächelte. »Es ist noch etwas provisorisch. Wir haben die Räumlichkeiten erst vor zwei Monaten bezogen.«

»Ach, Sie sind neu im Geschäft?« Sie hielt ihre Handtasche fest umklammert, bereit, jederzeit den Rückzug anzutreten.

»Nein, im Gegenteil«, bemühte ich mich, ihr Mißtrauen zu zerstreuen. »Mein Partner und ich sind seit Jahren, was sage ich, seit Jahrzehnten im Detektivgewerbe tätig. Zuletzt haben wir bei einem großen Sicherheitsunternehmen gearbeitet. Sie haben es, in aller Bescheidenheit, mit erfahrenen Männern zu tun.«

Sie blieb spröde. »Und jetzt haben Sie sich selbständig gemacht?«

»Ja. Eine neue Herausforderung. Was ist tödlicher als die tägliche Routine?«

Sie schaute mich direkt an. »Verstehen Sie mich richtig: Ich brauche jemanden, der umsichtig vorgeht. In dieser Geschichte ist vielen Menschen Leid zugefügt worden. Ich möchte nicht, daß noch mehr Gefühle verletzt werden.«

»Ich verstehe«, antwortete ich ernst.

Wir schwiegen. Offensichtlich rang sie noch immer mit ihrer Entscheidung.

»Sie sprachen von einem Todesfall«, begann ich vorsichtig. »Wer ist gestorben?«

Sie seufzte. »Meine Schwester. Meine kleine Schwester Corinna. Das heißt, so klein war sie nicht mehr. Sie ist neunundzwanzig Jahre alt geworden, stand kurz vor dem Abschluß ihrer Promotion.«

»Und wann ...«

»Vor sechs Wochen.«

Erneute Pause.

Ich ergriff die Initiative: »Warum hat sie sich umgebracht? Prüfungsstreß? Liebeskummer?«

»Nein.«

Katja Lahrmann-Tiemens Augen irrten durch den Raum, bis sie an dem gerahmten Druck eines impressionistischen Gemäldes hängen blieben. Aus dem Katalog *Moderne Bürogestaltung*. »Sie glaubte, daß sie von Außerirdischen entführt wird.«

»Außerirdische?« Ich setzte mich aufrechter hin. In meiner langen Berufslaufbahn war mir schon einiges untergekommen. Entführungen durch Außerirdische zählten nicht dazu.

»Sie halten das für verrückt, nicht wahr? Ich war der gleichen Meinung. Wir alle, meine Eltern, mein Mann und ich, haben versucht, ihr die Geschichte auszureden. Vielleicht war das ein Fehler. Vielleicht hätten wir Corinna ernster nehmen sollen.«

Ich räusperte mich. »Wie oft kamen die Entführungen vor?«

»Das weiß ich nicht. Zum ersten Mal will Corinna entführt worden sein, als sie acht oder neun war. Damals hat sie uns nichts davon erzählt. Die Außerirdischen wandten eine Methode an, um die Erinnerung auszulöschen. Dann passierte lange Zeit nichts. Erst vor etwa einem Jahr setzten die Entführungen wieder ein. Seitdem allerdings regelmäßig. Manchmal kamen die

Außerirdischen alle paar Wochen, unter Umständen sogar an mehreren Nächten hintereinander.«

»Und wie genau, äh, liefen die Entführungen ab?«

»Sie konnten überall stattfinden, im Auto, im Supermarkt, meistens jedoch, wenn Corinna im Bett lag, abends oder nachts. Sie sah ein Licht, das durchs Fenster kam, und dann spürte sie, daß sich jemand im Raum befand. Sie redete von kleinen, grauen Wesen, die sie beruhigten und ihr sagten, daß alles in Ordnung sei.«

»Die Wesen sprachen deutsch?«

»Es funktionierte telepathisch, Corinna hörte Stimmen in ihrem Kopf. Sie wollte nicht mitkommen, zumindest später nicht, als sie wußte, was passieren würde. Sie versuchte, sich zu wehren, sträubte sich gegen die Entführung, doch die kleinen, grauen Wesen duldeten keinen Widerstand. Sie lähmten sie in gewisser Weise, ohne sie zu betäuben. Corinna bekam mit, wie sich ihr Körper vom Bett erhob und durchs Zimmer schwebte. In diesem Zustand konnte sie durch geschlossene Fenster oder Wände fliegen. Corinna erzählte, daß sie ihr Haus von oben gesehen habe, ja, die ganze Stadt. Die Wesen brachten sie zu einem Raumschiff, wo verschiedene Untersuchungen und Experimente durchgeführt wurden. Nach diesen Prozeduren, die mehrere Stunden dauern konnten, haben die Außerirdischen meine Schwester wieder in ihrem Bett abgesetzt.«

Ich war sprachlos. Die Geschichte klang so verrückt, daß ich nicht wußte, wie ich mit ihr umgehen sollte. Mit Dieben, Betrügern und Mördern kannte ich mich aus. Aber wie verhielt sich ein professioneller Geisterjäger?

»Glauben Sie nicht, daß Corinna das alles nur geträumt hat, daß sie von Halluzinationen geplagt wurde?«

»Daß sie psychisch krank war?« führte Katja Lahrmann-Tiemen meinen Gedanken brutal zu Ende. »Ja, selbstverständlich habe ich das gedacht. Und ich habe ihr geraten, sich um Hilfe zu bemühen, zu einem Psychiater oder Psychotherapeuten zu gehen. Das hat sie auch getan. Nur – man konnte nichts feststellen. Corinna war definitiv nicht geisteskrank. Sie war eine fleißige Studentin, bis zu ihrem Tod hat sie zielstrebig an ihrer Doktorarbeit geschrieben. Auch in anderen Dingen des täglichen Lebens hat sie umsichtig und kompetent gehandelt. Keinesfalls machte sie den Eindruck einer psychisch labilen oder geistig verwirrten Persönlichkeit. Das ist ja das Seltsame.«

»Merkwürdig«, murmelte ich.

»Nicht wahr«, bestätigte Lahrmann-Tiemen.

»Sind die Entführungen niemandem aufgefallen? Ich meine, wenn Ihre Schwester aus dem Supermarkt schwebte, muß das doch für einigen Wirbel gesorgt haben.«

Meine Besucherin schüttelte den Kopf. »Die Außerirdischen vermeiden jedes Aufsehen. Sie wollen nicht entdeckt werden. Fragen Sie mich nicht, warum! Wenn das Entführungsopfer mit anderen Menschen zusammen ist, benutzen die Außerirdischen eine Technik, die meine Schwester *Ausschalten* nannte. Das heißt, die Augenzeugen werden in eine Art Trance versetzt und können sich später an nichts erinnern. Um Ihnen ein Beispiel zu geben: Corinna erzählte von einer Autofahrt, die sie mit drei Kommilitonen gemacht hatte. Plötzlich, ohne erfindlichen Grund, lenkte der Fahrer das Auto an den Straßenrand. Und dann sah meine Schwester auch schon dieses Licht auf sie zukommen. Während der ganzen Phase, die der Entführung vorausging, konnte sie ihre Mitfahrer beobachten. Sie saßen mit offenen Augen, aber anscheinend ohne etwas zu bemerken, neben ihr. Als Corinna wieder zu sich kam, waren zwei Stunden vergangen. Die drei anderen fühlten sich benommen und waren fest davon überzeugt, eine längere Pause gemacht zu haben.«

»Verstehe«, sagte ich.

Sie guckte mich wütend an. »Heucheln Sie kein Verständnis! Ich erwarte nicht, daß Sie das glauben, was ich Ihnen erzähle. Ich glaube es ja selbst nicht. Ich gebe nur wieder, was meine Schwester mir berichtet hat. Sie hat versucht, mich davon zu überzeugen, daß das alles wahr ist, und ich habe abgeblockt. Unsere Beziehung hat darüber einen Bruch bekommen, Corinna hat sich von mir zurückgezogen. Das ist einer der Punkte, die ich mir heute vorwerfe: Ich hätte sie ernster nehmen müssen.«

Ich verlagerte mein Körpergewicht auf dem harten Holzsessel. Auf Dauer waren diese Stühle zweifellos unbequem. Ganz oben auf der Anschaffungsliste notierte ich gedanklich ein paar Sitzkissen.

»Mir ist noch nicht ganz klar, worin Sie die Aufgabe unseres Detektivbüros sehen.« Wollte die Frau ernsthaft, daß wir auf die Suche nach Außerirdischen gingen? Andererseits: Wenn sie dafür bezahlte, würde ich mich auch nach UFOs umschauen. Es gab Schlimmeres.

»Sie sollen keine UFOs jagen«, sagte sie, als hätte sie meine Gedanken erraten. »Meine Schwester ist tot. Ich möchte die Ursache erfahren. Das bin ich ihr schuldig.«

Ich suchte krampfhaft nach einem Ansatzpunkt. »Hatte sie Angst vor den Entführungen? Waren sie unangenehm, schmerzhaft?«

»Genau das«, antwortete Lahrmann-Tiemen. »Corinna hatte entsetzliche Angst vor den Entführungen. Die Außerirdischen führten Untersuchungen an ihr durch. Sie tasteten sie ab, machten Experimente mit ihr, unter anderem auch sexuelle. Das war so grausam und ekelhaft, daß ich es hier nicht wiederholen möchte. Und hinterher fühlte sich Corinna zerschlagen, verletzt, auf eine gewisse Weise vergewaltigt. Sie versuchte alles, um die Entführungen zu vermeiden. Sie ließ nachts das Licht an, schlief neben dem Bett, versteckte sich bei Freunden. Es half nichts. Die Außerirdischen fanden sie überall.«

Ich holte Luft. »Reicht Ihnen das als Erklärung nicht aus? Solche Erfahrungen, egal, ob eingebildet oder nicht, dürften genügen, um jemanden in den Wahnsinn zu treiben, oder eben ...«

»Wenn es mir genügen würde, wäre ich nicht hier«, schnappte sie. »Aber, bitte! Ich kann auch zu einer anderen Detektei gehen.«

»So habe ich das nicht gemeint«, beeilte ich mich zu versichern. »Ich wollte ausdrücken, ich brauche, äh, mehr Anhaltspunkte, um ...«

»Ich will wissen«, unterbrach sie mein Gestammel, »ob andere zu ihrem Tod beigetragen haben. Zum Beispiel ihr Freund ...«

Ich horchte auf. »Sie hatte einen Freund?«

»Ja. Was ist daran ungewöhnlich?«

»Nichts. Ist er auch entführt worden?«

»Nein, aber er hat sie bestimmt nicht von ihrem Glauben abgebracht. Er ist nämlich Ufologe, Mitglied in einem Club, in dem sie Berichte über Sichtungen von UFOs austauschen. Fotos, auf denen ein paar helle Punkte zu erkennen sind, die fliegende Untertassen darstellen sollen.«

»Roswell«, warf ich ein, um meine Kompetenz zu beweisen.

»Das ergänzt sich doch großartig, nicht wahr? Er schwärmt davon, daß uns Abgesandte anderer Welten besuchen, sie, ich meine Corinna, geht noch einen Schritt weiter. Ich konnte ihn von Anfang an nicht leiden, meine Schwester hätte etwas Besseres verdient gehabt, er ist so ein ...« Sie suchte nach dem richtigen Ausdruck und fand keinen. »Und dann war da noch diese Gruppe.«

»Welche Gruppe?«

»Ich habe sie scherzhaft Anonyme Entführte genannt. Hauptsächlich Frauen, die alle mehrmals an Bord von Raumschiffen gewesen sein wollen. Das Komische – ich zitiere wieder meine Schwester – war, daß sie ähnliche Erfahrungen gemacht hatten. Das hat sie natürlich in der Überzeugung bestärkt, keinen Hirngespinsten aufzusitzen. Ich wußte nicht, was ich davon halten sollte. Einerseits tat es Corinna gut, mit Gleichgesinnten zu reden, andererseits bekamen die Entführungsgeschichten einen immer realeren Charakter.«

»Haben Sie Namen?« fragte ich. »Ich würde mich gern mit einigen dieser Entführten unterhalten.«

»Wie gesagt, man bleibt anonym. Aus verständlichen Gründen. Das sind keine Teenies, die auf Friedhöfe schleichen und satanistische Messen feiern, sondern Leute, die im Beruf stehen, Beamte, Lehrerinnen. Da möchte man nicht, daß solche Geschichten publik werden. Es könnte den Job kosten.«

»Und wie haben sie sich gefunden?«

»Keine Ahnung. Fragen Sie Peter! Peter Hofknecht, das ist, war der Freund meiner Schwester.«

Ich dachte nach. »Sie haben erwähnt, daß die Außerirdischen eine Technik beherrschen, mit der sie die Erinnerung an die Entführung auslöschen können.«

»Richtig. Sie produzieren Tarnerinnerungen. So nannte das meine Schwester.«

»Wie hat es Corinna geschafft, diese Barriere zu durchbrechen? Sie kannte Details ihrer Aufenthalte in den Raumschiffen. Und die anderen Entführten, die sich in der Gruppe getroffen haben, offensichtlich auch.«

Katja Lahrmann-Tiemen beugte sich ein wenig vor. »Finden Sie es heraus! Es hat mit Hypnose zu tun, soviel habe ich aus Corinna herausbekommen. Unter Hypnose können die Erinnerungen wiedergewonnen werden. Aber wer sie hypnotisiert hat, das entzieht sich meiner Kenntnis.«

»Glauben Sie ...« Ich wagte es nicht, den Satz zu Ende zu sprechen.

»Was?«

»Können Sie sich vorstellen, daß der Hypnotiseur Corinna die Entführungen eingeredet hat?«

Ihre Gesichtszüge verhärteten sich. »Der Gedanke ist mir gekommen, das gebe ich zu. Und wenn es so ist, dann muß diese Person zur Rechenschaft gezogen werden.«

Ich nickte. »Der Auftrag wird mir immer klarer. Ich denke, wir können für Sie tätig werden, Frau Lahrmann-Tiemen.«

»Schön.« Sie entspannte sich etwas. »Jetzt hätte ich doch gern ein Glas Wasser.«

Ich holte ihr ein Glas Mineralwasser aus der Küche.

»Ein paar Fragen muß ich Ihnen noch stellen, um mir ein Bild von Ihrer Schwester machen zu können.«

»Bitte!«

»Wie würden Sie sie charakterisieren?«

»Sie war ...« Lahrmann-Tiemen griff sich an die Stirn. »Es ist schwierig, gegenüber der eigenen Schwester objektiv zu sein. Sie war ein ernster Mensch, ja, schon als Kind war sie oft in sich gekehrt und verschlossen.«

»Depressiv?«

»Nein. Sie konnte auch auftauen und richtig lustig sein. Allerdings kam das recht selten vor.«

»Hatte sie ernsthafte Krankheiten?«

»Nicht, daß ich wüßte. In der Pubertät gab es ein paar Probleme, sie neigte zeitweise zur Magersucht. Aber das ist sicher nichts Ungewöhnliches für Mädchen oder junge Frauen in diesem Alter.«

»Gibt es andere Geschwister?«

»Wir waren zu zweit. Und wir lebten in einem gut behüteten Elternhaus. Mein Vater hatte eine leitende Position in einem Versicherungsunternehmen, er ist inzwischen pensioniert. Unsere Mutter war immer für uns da. Im Prinzip haben wir alles bekommen, was wir wollten. Vater hat unsere Studien finanziert. Und selbst wenn Corinna materielle Schwierigkeiten gehabt hätte – sie wußte, daß sie sich jederzeit an mich wenden konnte, mein Mann besitzt eine größere Werbeagentur in Bremen.«

Beruhigend zu wissen, dachte ich. »Stammen Sie aus Münster?«

»Nein. Wir haben in Steinfurt gelebt, genauer gesagt in Schöppingen, das ist ein kleines Dorf in der Nähe von Burgsteinfurt. Meine Eltern leben noch heute dort. Vater ist jeden Morgen nach Münster zur Arbeit gefahren. Corinna und ich sind in Steinfurt aufs Gymnasium gegangen. Da stank es morgens in der Klasse manchmal ganz schön nach Kuhstall.« Katja Lahrmann-Tiemen lächelte zum ersten Mal. »Es war ziemlich ländlich, damals.«

Ich notierte einige Namen und Telefonnummern und klappte dann mein Notizbuch zu. »Um auf Ihre Eingangsfrage zurückzukommen ...«

Sie runzelte die Stirn. »Welche Eingangsfrage?«

»Wieviel bei uns eine Todesfalluntersuchung kostet.«

»Ach so.« Sie grinste spöttisch. »Ich wußte nicht, wie ich anfangen sollte.«

»Nun, ich würde Ihnen das Fünf-Tage-Paket vorschlagen. Das heißt, wir checken fünf Tage lang alle in Frage kommenden Personen, den Tathergang und so weiter ab. Anschließend erhalten Sie einen ausführlichen Bericht. Dann können Sie entscheiden, ob Sie mit dem Ergebnis zufrieden sind oder ob Sie weitere Untersuchungen wünschen. Der Tagessatz beträgt vierhundert Mark, Spesen und außergewöhnliche Aufwendungen gehen extra. Eine Anzahlung von fünfhundert Mark ist im voraus zu leisten.«

Sie zückte widerspruchslos ihr Scheckbuch.

»Und?« fragte Koslowski, als ich das Büro betrat.

»Ich habe ihr das Fünf-Tage-Paket verkauft.«

»Welches Fünf-Tage-Paket?«

»Fünf Tage à vierhundert Mark. Klingt wie ein Sonderangebot, stimmt's? Ist mir eingefallen, als sie von der Werbeagentur ihres Mannes erzählte.«

Koslowski verzog anerkennend den Mund. »Nicht schlecht. Und wer ist tot?«

»Ihre Schwester. Hat sich umgebracht, weil sie ständig von Außerirdischen entführt wurde.«

»Im Ernst?«

»Ja. Es waren keine netten Außerirdischen, verstehst du, sondern so fiese, kleine, graue Männchen, die in ihren Raumschiffen unanständige Sachen mit ihr gemacht haben.«

»Und was willst du jetzt machen? Aliens jagen?« Seine Mundwinkel zuckten, dann prustete er los. Als er sich wieder beruhigt hatte, sagte er: »Hey, kauf dir doch so einen schicken Metallicanzug, wie ihn die Ghostbusters getragen haben. Und dann baust du eine Geisterfalle. Das möchte ich sehen, wie sich ein Außerirdischer darin verfängt.« Ein erneuter Lachanfall folgte.

Ich erzählte ihm die ganze Geschichte.

Am Ende stimmte er meiner Hypothese zu: »Okay, finde den Hypnotiseur und häng ihm die Sache an. Aber laß dir Zeit damit. Es reicht, wenn du ihn am fünften Tag aufs Kreuz legst.«

Da waren wir einer Meinung.

Als nächstes brachte ich den Scheck zur Bank. Als ich zurückkam, raffte Koslowski gerade seine Unterlagen zusammen und wollte aufbrechen.

»Wie ist es eigentlich mit deinem Fall?« fragte ich. »Bist du einen Schritt weitergekommen?«

»Ja, ich glaube, ich weiß jetzt, wie es funktioniert.«

»Erzähl!« sagte ich und steckte mir einen Zigarillo an. »Schließlich muß ich auf dem laufenden sein. Nur für den Fall, daß Disselbeck hier anruft.«

Er setzte sich wieder.

»Warte!« sagte ich. »Ich muß mir erst einen Kaffee holen.«

»Bring mir einen mit!« rief er mir nach.

Die Kaffeemaschine in der Küche war immer gut gefüllt. Das war eine der Grundvoraussetzungen detektivischen Arbeitens. Als nächste Anschaffung nach den Sitzkissen notierte ich mir eine original italienische Espressomaschine, mit heißer Luft zum Aufschäumen für die Milch. Bei den zweitausend Mark, die Katja Lahrmann-Tiemen einbrachte, mußte das eigentlich drin sitzen.

»Igitt«, machte Koslowski, als er den Kaffee probierte, »der schmeckt ja wie eingeschlafene Füße.«

Ich ließ das Bild einer chromglänzenden Espressomaschine vor seinen Augen erscheinen.

»Ich hätte lieber ein bißchen cash in der Tasche«, schmetterte er meinen Vorschlag ab.

Er war eben ein Mann ohne Visionen.

»Also«, begann er seine Erläuterungen, »das Bauunternehmen *Disselbeck & Wallhorst* arbeitet mit Subunternehmern zusammen, die wiederum ausländische Bauarbeiter rankarren, zum Beispiel Portugiesen, die für neun oder zehn Mark die Stunde arbeiten, während deutsche Bauarbeiter in die Röhre gucken. Soweit alles klar und Disselbeck bekannt. Ich hab mich nun auf etlichen Baustellen herumgetrieben und festgestellt, daß die Portugiesen oder Italiener nach und nach durch Männer ersetzt werden, die eindeutig osteuropäisch aussehen und reden, Polen, Ukrainer, was weiß ich, die mit fünf oder sechs Mark die Stunde abgespeist werden. Die sind teilweise nicht einmal ausgebildet, da wird Pfusch produziert, gelegentlich fällt eine Mauer zusammen oder Schlimmeres. Disselbeck ist auch schon einigen Subunternehmern auf die Schliche gekommen und hat sie vor die Tür gesetzt. Nur, und das ist das Merkwürdige, plötzlich tauchen diese Leute wieder an anderen Stellen auf, und zwar bei Subunternehmern, mit denen Disselbeck und Wallhorst seit Jahren zusammenarbeiten. Was meinst du, wie das kommt?«

Das war eine rhetorische Frage, und ich zollte Koslowski das gebührende Staunen.

»Ich habe meine Fühler zu einer Bank ausgestreckt, über die etliche Kontobewegungen laufen. Da sitzt eine alte Bekannte von mir, mit der hab ich ... na ja, ist ja egal. Was ich sagen will, ist, ein Teil des Geldes, das die Subunternehmer von *Disselbeck & Wallhorst* kassieren, fließt an eine Firma namens *Interwork Company* in Brüssel. Ich schätze, von dort aus werden die Osteuropäer dirigiert.«

»Aber was haben die Subunternehmer davon? Immerhin riskieren sie, von Disselbeck keine Aufträge mehr zu kriegen.«

»Druck, so etwas funktioniert über Druck. *Interwork Company* wird ein paar erstklassige russische Mafiakiller auf der Lohnliste haben. Und im Vergleich zur russischen Mafia ist die sizilianische Mafia ein reiner Pfadfinderverein. Die sizilianischen Mafiosi küssen ihre Opfer oder lassen ihnen Warnungen zukommen. Solche Sentimentalitäten sind russischen Mafiakillern fremd.«

»Und wie paßt Wallhorst in die Geschichte?« Christoph Wallhorst war der Kompagnon, von dem sich Disselbeck betrogen fühlte.

»Das Ganze läuft nur, wenn entweder Disselbeck oder Wallhorst mitspielen. Es kommt ja darauf an, den richtigen Subunternehmer zum richtigen Zeitpunkt zu engagieren. Da Disselbeck unser Auftraggeber ist, muß Wallhorst der böse Bube sein. Ich nehme an, er bekommt einen Anteil vom Profit, den *Interwork Company* macht.«

»Aber beweisen kannst du es nicht?«

»Nein, und es dürfte verflucht schwierig sein, irgendwelche Belege aus Brüssel zu beschaffen. Es gibt nur eine Möglichkeit: Ich muß ein Gespräch zwischen Wallhorst und seinem Partner bei *Interwork* aufnehmen. Gestern habe ich sein Büro und sein Auto verwanzt. Ich hoffe, er trifft bald eine Verabredung.«

II

Das graue Haus auf der Steinfurter Straße, das von zwei Konfektionsbauten neueren Datums eingeklemmt wurde, sah nicht so aus, als hätte es in den letzten zwanzig Jahren einen Anstrich oder sonstige handwerkliche Zuneigung erfahren. Die einfachen Glasfenster vibrierten im Dauerlärm der vierspurigen Straße, der morgendliche Berufsverkehr ersparte den Bewohnern vermutlich den Wecker.

Zum Glück für skrupellose Hausbesitzer gab es in Münster genügend Studenten-WGs, die aus besseren Wohnungen ferngehalten wurden. So konnte man auch aus solchen Bruchbuden noch ein Maximum an Profit herausholen.

Ein Blick auf das Klingelbrett bestätigte meine Vermutung: lauter handschriftliche Zettel mit zum Teil durchgestrichenen oder verwaschenen Namen. Nur die Wohnung ganz oben kam mit zwei Namen aus, Lahrmann und Hofknecht.

Der Mann, der ungeduldig darauf wartete, daß ich den Aufstieg ins dritte Stockwerk beendete, trug einen Norweger-Pullover und einen fusseligen Kinnbart. Die klobige Hornbrille vervollständigte das Bild eines Asketen, der wenig Wert auf sein Äußeres legt.

»Mein Name ist Georg Wilsberg«, sagte ich ein wenig kurzatmig. »Ich bin Privatdetektiv.«

»Und was wollen Sie von mir?« Seine Stimme klang hoch und angestrengt.

»Sind Sie Peter Hofknecht?«

»Ja«, gab er genervt zu.

»Dann würde ich mich gerne mit Ihnen unterhalten.

Die Familie Lahrmann hat mich beauftragt, den Tod von Corinna zu untersuchen.«

»Was soll das? Sie hat sich umgebracht. Das hat auch die Polizei bestätigt.«

»Das bezweifle ich nicht.« Ich schaute auf die leeren Getränkekisten und die gelben Säcke, die den Treppenabsatz dekorierten. »Der Tod Ihrer Feundin scheint Ihnen nicht sehr nahezugehen.«

»Woher wollen Sie das wissen? Und überhaupt – das geht Sie gar nichts an.«

»Herr Hofknecht«, ich wendete mich wieder der hageren Gestalt zu, »es gibt da ein paar Dinge, die äußerst seltsam anmuten. Man sagte mir, daß Corinna von Außerirdischen entführt wurde.«

»Ach das.« Er zupfte instinktiv an seinem Ziegenbart. »Sie hat manchmal schlecht geträumt, das ist alles.«

»Deswegen bringt man sich doch nicht um, oder?«

Ein verlegenes Lächeln verzerrte sein Gesicht. »Glauben Sie an Außerirdische?«

»Und wie ist das bei Ihnen? Sammeln Sie nicht Berichte über UFOs?«

»Ein Hobby, mehr nicht.«

Die Wohnungstür auf der gegenüberliegenden Seite sprang auf, und ein Jüngling in Lederjacke verabschiedete sich lautstark von einem unsichtbaren Mitbewohner.

»Hallo, Pete! Wie geht's dir?« Das ging an Hofknecht.

»Geht so, Mike. Und bei dir?«

»Alles okay.« Die Lederjacke hüpfte die Treppe hinunter.

»Können wir die Unterhaltung in Ihrer Wohnung fortsetzen?« fragte ich höflich.

»Das paßt mir im Moment gar nicht.« Hofknechts linker Arm wies vage nach hinten. »Ich bin mitten im Umzug, packe meine Sachen zusammen. Für mich allein ist die Wohnung zu groß, ich hab was Kleineres gefunden.«

»Und wann paßt es Ihnen?«

»Wenn alles vorüber ist, der Umzug, meine ich. In ein paar Wochen, vielleicht.«

Ich setzte ein Lächeln auf, von dem ich hoffte, daß es Jack Nickolsons sardonischem Grinsen nahekam. »Das gefällt mir aber gar nicht, Herr Hofknecht. Verstehen Sie mich nicht falsch. Meine Auftraggeber erwarten von mir Resultate. Und bei Ihrem Verhalten könnte ich auf die Idee kommen, daß Sie etwas zu verbergen haben.«

»Mein Gott«, er schlenkerte mit seinen Spargelarmen, »Corinna war depressiv. Sie war deswegen in Behandlung.«

»Bei wem?«

»Das weiß ich nicht.«

»Sie verscheißern mich.«

Er trat einen Schritt zurück und packte die Tür mit beiden Händen. »Lecken Sie mich!« Dann knallte er die Tür zu.

Andere stellen bei solchen Gelegenheiten blitzschnell einen Fuß in den Türspalt. Aber das kann ziemlich schmerzhaft sein.

»Wir sehen uns wieder, Herr Hofknecht«, sagte ich zu der verschlossenen Tür. Ich nahm an, daß er ein Ohr ans Holz drückte und jedes Wort mitbekam.

Über die B 54 N, die frühere Todesstrecke, die man mittlerweile durch Betonklötze auf dem Mittelstreifen entschärft hatte, fuhr ich bis Altenberge, dann nahm ich die Landstraße in Richtung Laer und kurvte auf einer neugebauten Umgehungsstraße an Horstmar vorbei. Auf einem der wenigen Hügel, die sich in diesen Teil des Münsterlandes verirrt hatten, erblickte ich unweit der Straße ein seltsames Schauspiel. Da kämpften tatsächlich zwei rostige Klone von Don Quijote und Sancho Pansa gegen eine moderne Windkraftanlage. Und dann rollte ich auch schon nach Schöppingen hinein.

Schöppingen war ein Dorf wie jedes andere, abgesehen von der Tatsache, daß es eine Handvoll Bildender Künstler und Schriftsteller als Stipendiaten beherbergte und die drei Gehöfte, in denen das für normale Schöppinger mindestens so seltsam wie Außerirdische anmutende Völkchen hauste, *Künstlerdorf* nannte.

Die Lahrmanns wohnten etwas außerhalb des historischen Dorfkerns an der Bergstraße, deren Name natürlich maßlos übertrieben war.

Nachdem ich den melodischen Dreitongong zweimal hatte erklingen lassen, öffnete eine grauhaarige ältere Dame die Tür gerade so weit, daß ich den größten Teil ihres Gesichtes und einen Teil der schwarzen Kleidung sehen konnte. In ihrem trauerverhangenen Blick war nicht die geringste Spur von Interesse zu erkennen.

Ich stellte mich vor und nannte ihr den Grund meines Besuches.

»Katja hat Sie beauftragt, sagen Sie? Was soll denn das? Was macht das jetzt noch für einen Sinn?«

»Wer ist denn da?« Die Tür wurde weiter geöffnet, und ein Mann stellte sich neben die Frau. Eine stattliche Erscheinung im dunklen Anzug, mit sorgfältig gekämmten, weißen Haaren und einer Aura von Autorität, die die Frau um einige Zentimeter schrumpfen ließ. Er war nicht direkt groß, aber er hielt sich so kerzengerade, daß man sich vorstellen konnte, wie seine früheren Untergebenen vor ihm gezittert hatten. Mit kalten Augen schätzte er mich ab.

»Katja hat einen Privatdetektiv beauftragt, damit er den Tod von Corinna untersucht«, erklärte die Frau.

Erstaunen machte sich auf seinem Gesicht breit. »Warum hat uns Katja nichts davon gesagt?«

Ich hielt den Zeitpunkt für gekommen, mich erneut bemerkbar zu machen. »Wenn Sie nichts dagegen haben, würde ich Ihnen gerne ein paar Fragen stellen.«

»Fragen? Was für Fragen?« Der Grauhaarige legte den Arm schützend um die Schultern der Schwarzgekleideten. »Meine Frau leidet furchtbar unter dem Tod unserer Tochter. Das sehen Sie doch.«

»Es dauert nicht lange«, versicherte ich.

Er dachte darüber nach. Frau Lahrmann wirkte wie erstarrt, offensichtlich wartete auch sie auf seine Entscheidung.

»Na schön, wenn Katja es so will. Und wo Sie schon einmal hier sind, Herr ...«

»Wilsberg.«

Ich folgte ihnen durch einen schmalen Flur in ein Wohnzimmer, das mit dunkelbraunen Möbeln und Polstergarnituren vollgestellt war. Sobald eine ebene Fläche genügend Quadratzentimeter aufwies, wurde sie von einer Vase oder Figur, stets unterlegt mit einem kleinen Deckchen, besetzt. Neben der Tür hing ein schwarzgerahmtes Foto, auf dem eine junge Frau mit Pferdeschwanz und Metallbrille zu sehen war, die ernst in die Kamera guckte. Auch ohne das schwarze Stoffband, das akkurat über der rechten oberen Ecke hing, hätte ich auf Corinna Lahrmann getippt.

»Was macht so ein Privatdetektiv, Herr Wilsberg?«

»Das kommt darauf an, Herr Lahrmann. Meistens beschäftigen wir uns mit Versicherungsbetrug, Diebstahl in der Firma, Beobachtung von Familienangehörigen, ganz selten auch mit Außerirdischen.«

Mir entging nicht, daß Frau Lahrmann bei dem Wort Außerirdische zusammenzuckte, während sich ihr Mann ungerührt auf einem Sofa niederließ und mit der flachen Hand auf das Polster klatschte. Das war für sie das Zeichen, sich neben ihn zu setzen.

Ich suchte mir unaufgefordert einen Sessel.

»Ich habe Ihre Anspielung verstanden«, sagte Lahrmann mit grimmiger Stimme. »Und ich muß Ihnen sagen, daß ich nichts von diesen Spekulationen halte. Genauso wenig wie von Ihrem Auftrag. Ich weiß nicht, was Katja sich dabei gedacht hat.«

»Sie glauben also nicht, daß Corinna entführt wurde?«

»Von kleinen grünen Männchen? Sind Sie noch bei Trost, Mann?«

»Nun, irgend etwas muß sie so stark belastet haben, daß sie sich umgebracht hat.«

Frau Lahrmann schluchzte auf und schlug die Hände vors Gesicht. Ihr Mann beugte sich zur Seite und flüsterte ihr etwas ins Ohr. Sie schüttelte den Kopf, dann sprang sie auf und lief mit kurzen, trippelnden Schritten in den Flur hinaus. Kurz darauf knackten hölzerne Treppenstufen, begleitet von einem kehligen Aufschrei der Verzweiflung.

»Sehen Sie, was Sie mit Ihrer Fragerei bewirken? Was bringt es, Corinnas Leben hin- und herzuwenden, bis man einen Punkt gefunden hat, auf den man mit dem Finger deuten kann? Sie ist tot, und nichts und niemand wird sie wieder lebendig machen.«

»Es tut mir leid, Herr Lahrmann«, sagte ich. »Aber diese Fragen dürfen Sie nicht mir stellen. Ihre Tochter Katja hat uns beauftragt, und ich denke, sie wird ihre Gründe dafür haben.«

»Katja, ja.« In seinem Gesicht spiegelte sich eine Mischung aus Stolz und Ablehnung. »Katja war immer die Starke. Sie war beliebt in der Schule, die Jungs liefen ihr nach. Corinna stand in ihrem Schatten, sie blieb still und leise im Hintergrund, verkroch sich lieber in ihrem Zimmer, um Bücher zu lesen, als auf lautstarke Feste zu gehen.«

»Corinna war also Ihre Lieblingstochter?« vermutete ich.

»Natürlich war sie das«, antwortete er, ohne nachzudenken. Nach einem Verlegenheitsräuspern fügte er hinzu: »Damit will ich nicht sagen, daß mir Katja nicht ans Herz gewachsen ist. Ich habe selbstverständlich meine beiden Töchter geliebt. Aber mit Corinna verband mich mehr, vielleicht wegen ihrer Schwäche, ihrer Unbeholfenheit. Corinna wollte so souverän, so selbstsicher, so tatkräftig sein wie Katja. Daran ist sie letztlich gescheitert. Wenn Sie einen Grund für Corinnas Selbstmord suchen, dann finden Sie ihn hier.«

»Und Sie konnten ihr diese Selbstsicherheit nicht geben?«

»Nein, das konnte ich nicht«, fauchte er. »Ich bin kein Wunderheiler, Herr Wilsberg. Außerdem war ich damals ein vielbeschäftigter Mann. Ich hatte eigentlich nur an den Wochenenden Zeit für meine Kinder.«

»Frau Lahrmann-Tiemen sagte mir, daß Corinna in Behandlung war.«

»Ja, sie ist zu irgendwelchen Psycho-Quacksalbern gegangen. Gebracht hat es nichts, soviel ich weiß. In den letzten Jahren ist der Kontakt zwischen Corinna und mir, uns, meine ich, nicht mehr so eng gewesen.«

»Dann wissen Sie sicher auch nicht, wer sie hypnotisiert hat?«

»Hypnotisiert?«

»Der Hypnotiseur, möglicherweise handelt es sich auch um eine Frau, hat angeblich in Corinnas Unterbewußtsein die Entführungen durch Außerirdische entdeckt.«

»Sehen Sie, was für ein Unfug dabei herauskommt? Es stimmt, Corinna hat ein-, zweimal davon angefangen, daß seltsame Wesen nachts in ihr Zimmer kämen, um sie zu einem Raumschiff mitzunehmen. Ich habe das sofort unterbunden und ihr gesagt, daß ich solche Spinnereien nicht hören will. Raumschiffe, ich bitte Sie! Wo sind denn diese Raumschiffe? Das sind doch Fantastereien aus Amerika, Hollywood-Schund.« Er schnappte nach Luft. »Ich weiß, wer dahinter steckt: ihr Freund, dieser Peter Hofknecht. Kennen Sie ihn?«

»Flüchtig«, sagte ich.

»Ein absoluter Idiot. Hängt dem Kinderglauben an UFOs an. Kein ernsthafter Wissenschaftler hat jemals ein UFO gesichtet. Es ist tragisch, daß Corinna auf einen solchen Kerl hereinfallen mußte.«

Plötzlich fiel mir eine Frage ein, die ich schon Katja hätte stellen sollen: »War Hofknecht Corinnas erster Freund?«

Lahrmann lehnte sich auf dem Sofa zurück und schaute über meinen Kopf hinweg. »Kennt ein Vater jede Einzelheit aus dem Leben seiner Töchter? Corinna hatte immer Probleme mit Männern. Das fing in ihrer Mädchenzeit an, sie war zu – schüchtern. Ich nehme an, daß sie unter dem Manko gelitten hat, zumal Katja nur mit dem Finger zu schnipsen brauchte, und schon liefen ihr drei kleine Bastarde nach. Corinna wollte eine richtige Frau sein, und dann hat sie den Erstbesten genommen, den sie kriegen konnte.« Er schluckte. »Hofknecht war jedenfalls der erste Freund, den sie uns vorgestellt hat. Bei der Vorstellung ist es allerdings auch geblieben. Danach hat er sich nicht wieder hierher gewagt. Als ich hörte, daß sie mit ihm zusammengezogen ist, habe ich ihr monatliches Budget gekürzt. Da Hofknecht der geborene Versager ist, blieb ihnen nichts anderes übrig, als in ein abbruchreifes Haus an der Steinfurter Straße zu ziehen, ich habe es mir einmal von außen angeschaut, die reinste Rattenhöhle. Na ja, jeder muß die Konsequenzen seines Verhaltens tragen, nicht wahr?«

»In gewisser Weise«, wich ich aus.

»Dieser Mensch hat sogar die Frechheit besessen, bei Corinnas Beerdigung zu erscheinen. Ich habe ihn natürlich vom Friedhof gewiesen.«

»Natürlich. Er war ja nur ihr Freund. Wie war Corinna eigentlich an der Uni?« wechselte ich das Thema.

»Tüchtig. Es fehlte ihr nicht an Intelligenz, und Fleiß gehörte schon immer zu ihren hervorragenden Eigenschaften. Ihre Noten waren gut bis ausgezeichnet, sie hat alle Scheine und Prüfungen im vorgeschriebenen Rahmen bewältigt. Erst in letzter Zeit, so seit einem halbem Jahr etwa, schien sie mir nachlässiger geworden zu sein.«

»Corinna hat Sie weiterhin besucht?« wunderte ich mich.

»Warum sollte sie nicht? Früher bestand zwischen Corinna und mir ein großes Vertrauensverhältnis. Sie berichtete mit Begeisterung von ihren Forschungen und den Fortschritten, die sie bei ihrer Doktorarbeit machte.«

»In welchem Fach hat sie promoviert?«

»In Archäologie. Nicht gerade das, was ich unter einer profunden Ausbildung verstehe. Aber bitte! Es war ihr Wille. Corinna hat sich an Ausgrabungen im Nahen Osten beteiligt. Das war auch Gegenstand ihrer Doktorarbeit. Nun, wie gesagt, in letzter Zeit sprach sie nur noch widerwillig von ihrem Studium. Ich nahm an, es läge an dem UFO-Quatsch. Vielleicht gab es auch Meinungsverschiedenheiten zwischen Corinna und ihrem Professor, und sie war frustriert.« Lahrmann beugte sich vor. »Da haben Sie noch ein Motiv für den Selbstmord. So nennt man das doch, oder, Herr Detektiv?«

Ich nickte. »Kennen Sie zufällig den Namen ihres Professors?«

»Klas Evert Ebertien. Er soll eine Koryphäe auf seinem Gebiet sein.«

Da mir keine Fragen mehr einfielen, bedankte ich mich bei Lahrmann für sein Entgegenkommen.

Er schien erleichtert und brachte mich zur Tür. Aus den Regionen oberhalb der Treppe drang ein leises Wimmern.

Lahrmann schaute kurz nach oben, dann schüttelte er meine Hand. In seinen Augen stand wieder der eisige Glanz.

»Besuchen Sie uns nie wieder, Herr Wilsberg! Die Lebenden sind mir wichtiger als die Toten.«

III

Nachdem ich in der Universitätsbibliothek das Vorlesungsverzeichnis konsultiert und zu meiner Freude festgestellt hatte, daß noch am selben Abend das Doktorandenkolloquium von Professor Klas Evert Ebertien stattfinden würde, blieb ich gleich im geisteswissenschaftlichen Ghetto zwischen Dom und Aa. Ich dachte, ich hätte genügend Zeit, um den Seminarraum ausfindig zu machen, ein folgenschwerer Irrtum, wie sich bald herausstellte.

Das Institut für Archäologie residierte im Fürstenberghaus, einem dreistöckigen, langgestreckten Gebäude mit dem Charme eines Notaufnahmelagers für Erdbebenopfer. Außer den Archäologen gab es hier noch die Historiker, die Germanisten und ein paar Dutzend andere Institute und Fachbereiche, bei denen ich jeweils mindestens zweimal vorbeikam, bis ich endlich, nach vielem Treppauf und Treppab, ersten Anflügen von Panik und einem Proseminar in Labyrinthologie, das gesuchte Institut in der dritten Etage entdeckte. Erschöpft, aber glücklich drückte ich auf die Klingel unter dem Schild *Bitte schellen!* und erkundigte mich bei dem studentischen Türwächter nach dem Kolloquium.

Nein, erklärte der Student belustigt, das Institut sei viel zu klein, hier fänden keine Seminare statt, die Doktoranden von Professor Klas Evert Ebertien träfen sich seines Wissens im F 8, das sei ganz einfach zu finden, ich müsse nur die Treppe hinunter, zweimal links abbiegen, dann geradeaus, bis es nicht mehr weitergehe, noch einmal zwei Treppen abwärts, und schon sei ich da.

So einfach war es dann doch nicht, aber schließlich erreichte ich den F 8, einen mit häßlichen grünen Stühlen und weißen Tischen möblierten Kellerraum. Gerade noch rechtzeitig, denn in den folgenden Minuten trudelten etwa zehn ältere Semester beiderlei Geschlechts ein, die meisten mit dem nach innen gekehrten Blick von Wissenschaftlern, die über ihre Arbeit vergessen, daß das Leben nicht nur gedruckte Seiten hat. Einige unterhielten sich leise miteinander, die anderen verkrümelten sich stumm hinter ihre Pulte, auf denen sie aus abgeschabten Ledertaschen entnommene Papiere ausbreiteten.

Ich blieb vor der Tür stehen und wartete auf Ebertien. Um zehn nach acht erschien eine kleine, kugelige Gestalt, deren Alter ich auf mehr oder weniger Fünfzig schätzte. Der Mann hatte wallendes, nach hinten gekämmtes Haupthaar und trug ein offensichtlich maßgeschneidertes Hemd, das den Druck eines Bauches von veritablen Kürbisausmaßen aushalten mußte. Der Versuch, die dunkelblaue Anzugjacke zu schließen, wäre ohnehin zwecklos gewesen, weshalb ihr Besitzer sich zu der offensiven Variante entschlossen hatte, seine Körperausbeulung stolz vor sich herzutragen.

»Sie sind Professor Ebertien?« stellte ich ihn auf die Probe.

Er musterte mich von oben bis unten. »Warum interessiert Sie das?«

»Ich bin mit der Untersuchung des Todes einer Ihrer Studentinnen beauftragt, Corinna Lahrmann.«

»Polizei?« fragte er knapp.

»Nein, ich biete meine Dienste in der freien Marktwirtschaft an.«

Er grinste mich von unten an. »Nannte man so etwas früher nicht Privatdetektiv?«

»Romantische Menschen tun das noch heute.«

»Mit anderen Worten: Ich bin Ihnen zu keinerlei Auskunft verpflichtet.«

»Rechtlich nicht«, bestätigte ich. »Sie würden mir und Corinnas Familie einen Gefallen erweisen.«

Er schaute auf seine Armbanduhr. »Selbstmord ist an der Uni die häufigste Todesursache. Ich gebe Ihnen zwei Minuten. Fassen Sie sich kurz!«

»Ist Ihnen an Frau Lahrmanns Verhalten in den letzten Monaten etwas Ungewöhnliches aufgefallen?« nahm ich sein Angebot an.

Er betrachtete nachdenklich meinen Trenchcoat. »Retrospektiv gesehen, ja, sie wirkte unkonzentrierter als früher, schien die Freude an ihrem Thema verloren zu haben. Allerdings passiert das fast jedem Doktoranden irgendwann. Wir reden hier über eine Strecke von drei, vier Jahren. Da kommt es fast zwangsläufig mal zu einem Durchhänger.«

»Hat sie denn mit Ihnen über ihre Probleme gesprochen?«

»Nein, Herr ...«

»Wilsberg.«

»Sehen Sie, wo wir schon bei romantischen Vorstellungen sind: Im neunzehnten oder früheren Jahrhunderten mag es ein sehr persönliches Verhältnis zwischen dem Doktorvater und seinen Doktoranden gegeben haben. In der heutigen Massenuniversität ist man froh, wenn einem zu dem Gesicht eines Studenten auch noch der Name einfällt. Corinna Lahrmann war eine überaus durchschnittliche Studentin. Sie berechtigte nicht zu der Hoffnung, daß sie meinen oder den Ruhm des Institutes mehren würde. Damit will ich nicht sagen, daß sie mir gleichgültig war. Ich habe sie fachlich beraten, soweit dies mein Zeitbudget zuließ. Schließlich bin ich nicht nur in der Lehre tätig, sondern auch in der Forschung, was mir sehr viel wichtiger ist. Wollte ich mich um die persönlichen Schicksale meiner Studenten kümmern, wäre ich Seelsorger oder Sozialarbeiter geworden. So, und damit sind die zwei Minuten um, Herr Wilsberg.«

»Ich danke Ihnen vielmals«, versicherte ich. »Wenn Sie, um Ihre Güte vollzumachen, mir noch gestatten würden, mich kurz Ihren Studenten vorzustellen ...«

Er verzog grämlich das Gesicht. »Jetzt gehen Sie aber wirklich zu weit, Herr Wilsberg.«

»Keine Befragung, selbstverständlich«, zeigte ich mich unterwürfig. »Ich verteile meine Visitenkarten, und schon bin ich wieder weg.«

»Anscheinend habe ich heute meinen großzügigen Tag«, raunzte der Archäologe. »Na schön, kommen Sie!«

Einige Augenpaare hefteten sich neugierig auf mich, als ich hinter Ebertien den Raum betrat.

Der Professor begann, auf den Fußballen vor und zurück zu rollen, wobei er seinen Kugelbuch als Gegengewicht benutzte. »Guten Abend, meine Damen und Herren! Ich habe Ihnen heute abend keinen Gast mitgebracht, unser Besucher hat sich selbst eingeladen. Wie ich Ihnen bereits vor zwei Wochen mitteilte, hat sich Ihre Kommilitonin Corinna Lahrmann das Leben genommen. Die Selbsttötung eines jungen Menschen wird gewöhnlich als tragisch empfunden, vor allem die engsten Verwandten mögen sich nicht mit der banalen Erklärung des Lebensüberdrusses abfinden. Ein tieferer Sinn, so es ihn denn gibt, wirkt auf das eigene Gewissen beruhigend. Herr Wilsberg hier zu meiner Linken«, er machte eine Handbewegung, ohne mich anzuschauen, genauso gut hätte er auf eine dorische Säule hinweisen können, »geht professionell dieser Sinnsuche nach, um eine möglichst wertneutrale Formulierung zu wählen. Er ist Privatdetektiv und bittet Sie um Mitarbeit. Sollte

Ihnen jedoch ...«, Ebertien machte eine Pause und bedachte seine Studenten mit einem strengen Blick, »... etwas zum Tod von Corinna Lahrmann einfallen, behalten Sie es vorläufig für sich. Die Zeit ist mir zu kostbar, um ein Kolloquium über Lebensmüdigkeit abzuhalten. Bitte, Herr Wilsberg!«

»Vielen Dank, Herr Professor!« verbeugte ich mich artig. »Ich fasse mich ganz kurz.« Dabei zückte ich einen Stapel Visitenkarten und ging von einem Tisch zum anderen. »Diejenigen von Ihnen, die engeren Kontakt zu Corinna Lahrmann hatten, möchte ich bitten, mich morgen oder in den nächsten Tagen anzurufen. Mich interessiert praktisch alles, was über reine Fachdiskussionen hinausging. Ich versichere Ihnen, daß ich die Informationen vertraulich behandeln werde, auf Wunsch können Sie auch anonym bleiben.«

Ein ganz in Schwarz gekleidetes Milchgesicht mit runder Nickelbrille nahm die Visitenkarte und schüttelte skeptisch den Kopf. »Da werden Sie wenig Glück haben. Corinna hatte hier keine Freunde. Nach den Seminaren ist sie sofort wieder verschwunden. Ich habe ein paarmal versucht, sie zu einem Kakao in den Kabu einzuladen ...«

Ebertien räusperte sich, und das Milchgesicht verstummte.

»Vielleicht fällt Ihnen doch noch etwas ein«, sagte ich schnell. »In den Monaten vor ihrem Tod glaubte Corinna, daß sie von Außerirdischen entführt wurde.«

»Ich glaube, das reicht jetzt, Herr Wilsberg«, unterbrach mich der Professor. »Science fiction ist etwas für Literaturwissenschaftler, nicht für Archäologen.«

Mir war allerdings nicht entgangen, daß einer Studentin, die in der hinteren Reihe saß, bei der Erwähnung der Außerirdischen das Blut ins Gesicht schoß.

Als die Studentin das Schloß ihres vor dem Fürstenberghaus geparkten Fahrrads öffnete, waren gut anderthalb Stunden vergangen.

»Entschuldigen Sie bitte!« sagte ich, mich von hinten nähernd.

Sie fuhr herum.

»Erschrecken Sie nicht! Ich bin der Detektiv.«

»Müssen Sie sich so anschleichen?«

»Tut mir leid.«

Sie schob ihr Fahrrad auf die Straße. »Und was wollen Sie von mir?«

Ich mühte mich, mit ihr Schritt zu halten. »Ich habe den Eindruck, daß Sie etwas über Corinnas Tod wissen.«

»Und wie kommen Sie darauf?«

»Bei realistischer Selbsteinschätzung darf ich nicht annehmen, daß Frauen schon rot werden, wenn sie mich nur sehen.«

Sie zischte. »Ach, ich habe mich über KEE geärgert.«

»Professor Ebertien?« kombinierte ich nach einer Überraschungssekunde.

»Der alte Heuchler. Schwafelt da was von Lebensmüdigkeit und Lebensüberdruß. Als wäre Corinna ein zartes Mimöschen gewesen.«

»War sie das nicht?«

»Nee, die wußte genau, was sie wollte. Und sie hat sich ganz schön mit ihm gezofft.«

Ich war erstaunt. »Die beiden hatten Streit?«

»Es ging um ihre Doktorarbeit. Ich saß vor Ebertiens Büro, als Corinna drin war, das war so kurz vor den Semesterferien. Plötzlich fingen die an zu brüllen, das heißt, zuerst wurde KEE laut, dann hat Corinna zurückgekeift.«

»Haben Sie mitbekommen, woran sich der Disput entzündete?«

»Nicht genau. Ich habe zuerst nicht hingehört, war mit meinem eigenen Thema beschäftigt. Corinna hat wohl einige Thesen aufgestellt, die KEE nicht paßten. Ein paarmal hat er geschrien, daß sie irgendwas überarbeiten solle, ansonsten würde er ihre Arbeit nicht annehmen.«

»Und sie hat sich geweigert?«

»Muß ja wohl. Sie kam wutschnaubend rausgerannt. Und Ebertien stand kurz vor dem Herzinfarkt. Ich hatte schon Angst, daß ich den Notarzt rufen müßte.« Sie schwang sich aufs Fahrrad.

»Über welches Thema hat Corinna eigentlich geschrieben?«

»Über die Schriftrollen aus Qumran – am Toten Meer.« Sie wollte abfahren.

Schnell schob ich die nächste Frage hinterher: »Könnte die Auseinandersetzung Corinna derart beeindruckt haben, daß sie sich deswegen umgebracht hat?«

»Was weiß ich? Jedenfalls stand ihre wissenschaftliche Karriere auf dem Spiel. Und Ebertien ist nicht so unschuldig, wie er tut.« Sie trat in die Pedale. »Ich möchte übrigens auch noch einen Doktor vor dem Namen bekommen«, rief sie über die Schulter. »Also sagen Sie ihm bloß nicht, von wem Sie das haben!«

Auf dem Weg in meine Privatgemächer schaute ich kurz ins Büro. Keine Nachrichten von Koslowski. Anscheinend hatte die Überwachung von Wallhorst nichts Nennenswertes erbracht. Auf dem Anrufbeantworter war nur ein einziger Anruf, nämlich von Franka.

Ich ging weiter in die Küche, braute mir einen Kräutertee und schmierte ein paar Brote. Damit wollte ich den Abend vor dem Fernseher ausklingen lassen.

Kauend zappte ich durch die bunte Fernsehlandschaft. Auf den meisten Kanälen lief Werbung für Autos oder Slipeinlagen. Schließlich blieb ich bei einer politischen Sendung hängen. Es ging um die Frage, ob Helmut Kohl noch bis zum Jahr 2014 im Amt bleiben würde, weil er dann die Amtszeit von Papst Pius IX. schlagen könnte. Da klingelte das Telefon.

Ich brummte ein unfreundliches »Ja?«, weil ich Franka erwartete.

»Spreche ich mit Georg Wilsberg?« Eine unbekannte Frauenstimme.

Ich setzte mich auf und wurde schlagartig freundlicher. »Das tun Sie. Und wem habe ich das anvertraut?«

Sie kicherte. »Sagen wir: Frau Schmidt.«

»Die große Unbekannte?«

»So groß bin ich gar nicht.«

Ihre Stimme klang nett. Außerdem wurden selten Männer am Telefon belästigt. »Haben Sie einen besonderen Wunsch, Frau Schmidt, außer dem, meine Stimme zu hören?«

»Ich möchte nicht, daß Sie glauben, Corinna habe gesponnen.«

Ich hielt die Luft an. »Nehmen Sie an dem Kolloquium von Professor Ebertien teil?«

»Keine persönlichen Fragen.« Ihre Stimme wurde schärfer. »Sonst lege ich sofort auf.«

»Nein, bitte!« beschwor ich sie. »Ich nehme jede Frage zurück. Reden Sie weiter!«

»Ich bin selbst entführt worden, mehrmals. Und es ist noch nicht zu Ende, es geht immer weiter.«

»Von den Außerirdischen?«

»Menschen können solche Raumstationen nicht bauen.« Ähnlich entrüstet mußten römisch-katholische Missionare auf die Frage von Buschmännern reagiert haben, warum der Papst allwissend sei.

»Ich weiß nicht, ich war noch nie so weit von der Erde entfernt.«

»Aber ich. Es handelt sich um eine höher entwickelte Intelligenz. Sie beobachten und untersuchen uns, als wären wir Insekten unter einem Mikroskop. Völlig gefühllos.«

»Unangenehm«, sagte ich, um sie bei Laune zu halten.

Sie lachte auf. »Sie können sich gar nicht vorstellen, *wie* unangenehm das ist. Nackt und wehrlos auf einem Tisch zu liegen, zwischen vielen anderen Tischen, auf denen auch Menschen dahindämmern. Und dann kommen diese Typen und machen ihre Experimente.«

»Wie sehen die Außerirdischen aus?« fragte ich freundlich. »So ähnlich wie bei *Star Trek*?«

»Machen Sie sich nicht über mich lustig!« drohte sie, bequemte sich aber doch zu einer Antwort: »Es gibt zwei verschiedene Arten: die kleinen grauen und die großen Wesen. Sie tragen keine Kleidung, obwohl sie auch nicht nackt sind. Es ist so, als ob sie in einer Hülle stecken würden. Am fürchterlichsten sind ihre Köpfe, riesige Wasserköpfe im Verhältnis zu den kleinen, zarten Körpern, mit zwei großen Augen und einem schmalen Mund. Und sie haben weder Nasen noch Haare.«

»Hmmm«, machte ich.

Frau Schmidt erzählte weiter: »Die kleinen Grauen erledigen die niederen Tätigkeiten, ziehen einen aus, machen die Eingangsuntersuchungen und assistieren den Großen. Der Große kommt erst, wenn alles vorbereitet ist. Er ist nicht riesig, etwa so groß wie ein normaler Mensch, aber einen Kopf größer als die Kleinen.«

»Und männlich.«

»Wie?«

»Sie sagen: der Große. Das klingt so, als ob er männlich sei.«

»Ja, er wirkt männlich, obwohl man kein Geschlecht

erkennen kann. Er hat eine gewisse Autorität, die Kleinen reagieren auf seine Anweisungen.«

»Er gibt Anweisungen?«

»Telepathisch oder in einer Sprache, die wir nicht hören können. Man merkt, daß sie ihm gehorchen.«

»Und was macht der Große?«

»Das kommt darauf an. Meistens beginnt es mit Mindscan.«

»Er liest Gedanken?«

»Er starrt mich an, ganz nah, seine Augen sind direkt vor meinen. Und plötzlich merke ich, wie er in meinem Kopf ist. Er bewegt sich in meinem Kopf, vermutlich speichert er mein Gedächtnis ab.«

»Und dann?«

Sie zögerte. »Dann wird es oft unangenehm. Es hat mit Fortpflanzungsprogrammen zu tun. Ich glaube, sie können keine Kinder bekommen. Deshalb benutzen sie die Menschen, um für ihren Planeten eine neue Population zu züchten.«

Ich merkte, daß sie nicht weiter darüber sprechen wollte, und versuchte etwas anderes: »Können wir uns nicht persönlich treffen, Frau Schmidt? Ich bin an allem interessiert, was die Außerirdischen betrifft, weil ich verstehen will, warum sich Corinna Lahrmann umgebracht hat. Und ich glaube, Sie sind in der Lage, mir dabei zu helfen.«

Einige Sekunden lang blieb sie stumm, dann sagte sie leise: »Ich bin noch nicht so weit, vielleicht wenn ... wenn ich mehr Vertrauen zu Ihnen habe.«

»Und Ihre Telefonnummer ...«

»Nein.« Ihre Stimme wurde ängstlich. »Ich rufe Sie wieder an.«

Ohne meine Antwort abzuwarten, legte sie auf.

IV

»Ich habe ihn«, jubelte Koslowski, als ich, eine Kaffeetasse balancierend, den Büroraum betrat. Koslowski war ein Frühaufsteher, der schon vor der Mittagspause gute Laune versprühen konnte. Ich dagegen lief erst in den Abendstunden zu Hochform auf, wenn überhaupt.

»Wen?« fragte ich begriffsstutzig.

»Wen wohl? Ich gebe dir einen Tip: Es ist *nicht* der Pferdemörder aus Niedersachsen.«

»Wallhorst«, raffte ich meine sämtlichen Geisteskräfte zusammen.

»Richtig, Wilsberg. Er hat sich für heute abend mit jemandem verabredet, klang ziemlich konspirativ. Ich wette mein noch ausstehendes Gehalt vom letzten Monat darauf, daß es sich um den Kontaktmann aus Brüssel handelt, du weißt schon, *Interwork Company*.«

»Gewinnausschüttung«, sagte ich.

»Was ist los?« fragte Koslowski.

»Du mußt dich daran gewöhnen, daß du kein Angestellter mehr bist. Du bist Mitbesitzer des Ladens hier, also kassierst du kein Gehalt, sondern eine Gewinnausschüttung.«

»Ist mir scheißegal, das Geld brauche ich trotzdem.«

»So kann man das auch sehen.« Ich nahm einen Schluck Kaffee. »Und wo treffen sie sich?«

»Im Stadion von Preußen Münster. Wallhorst hat eine Tribünen-Dauerkarte. Er glaubt wohl, daß er sich beim Lärm der jubelnden Fans ungestört unterhalten kann. Ich schätze, er hat die letzten Heimspiele verpaßt.«

»Wieso?« Wieder verstand ich nichts.

»Mein Gott, Wilsberg, früher hast du wenigstens

noch den Sportteil der Zeitung gelesen. Preußen Münster ist in letzter Zeit ziemlich abgekackt. Die halten den Ball so flach, daß der Gegner ungestört Zeitung lesen kann. Da ist nichts mit Jubel, allenfalls in der Fankurve der Gastmannschaft. Unter den paar hundert Preußen-Fans herrscht Grabesstille, höchstens meckert mal einer. Aber mir soll's recht sein, dann kann ich das Gespräch sauberer aufnehmen. Ich klemm mich einfach hinter die beiden, und fertig ist die Laube.«

»Ist das nicht gefährlich?« erkundigte ich mich.

»Ach was«, grinste mein Partner. »Wallhorst kennt mich nicht, und das Mikro verstecke ich im Ärmel. Alles kein Problem.«

Ich trank den Kaffee aus und steckte mir einen Zigarillo an. Wenigstens ein Fall, bei dem das Detektivbüro *Wilsberg & Partner* Fortschritte machte.

Der blonde Hüne starrte mich neugierig an. »Und wie ist es bei dir so gelaufen?«

Ich erzählte ihm von meinen Ermittlungen, während ich den Computer einschaltete und das Spiele-Menü aufrief. Ein kleines Spielchen zur Belebung der Geisteskräfte konnte nicht schaden.

Koslowski nickte bedächtig. »Vom Freund der Selbstmörderin, diesem Hofknecht, hast du dich ganz schön abbürsten lassen. Ich an deiner Stelle hätte ihn härter rangenommen.«

»Ja«, ich klickte auf die *Solitär*-Karten, »Hofknecht müßte man sich noch mal vornehmen. Wie sieht es bei dir aus? Hast du vor dem Preußen-Spiel einen wichtigen Termin?«

Auf seinem kantigen Gesicht machte sich Vorfreude breit. »Du meinst, wir beide ...«

Ich grinste zurück. »Der böse und der liebe Junge. Das alte Spiel.«

Peter Hofknecht war nicht erbaut, als er mich sah. Und noch weniger gefiel ihm die Verstärkung, die ich mitgebracht hatte. Er wollte die Wohnungstür zuschlagen, doch diesmal war ich schneller und warf mich mit meinem Körpergewicht dagegen. Koslowski half ein bißchen nach, gegen unsere vereinten Kräfte hatte der schmächtige Bursche keine Chance.

»Was wollen Sie von mir?« kreischte er mit hoher Stimme. »Ich habe Ihnen alles gesagt.«

Koslowski schloß die Tür von innen und baute sich mit verschränkten Armen auf.

Mit Panik in den Augen und zitternden Knien nahm Hofknecht zur Kenntnis, daß sein einziger Fluchtweg versperrt war.

»Das glaube ich Ihnen nicht«, sagte ich freundlich.

»Fassen Sie mich nicht an!« Corinnas Ex-Freund wich ein paar Schritte zurück. »Wenn Sie mir was tun, zeige ich Sie an.«

»Aber ich bitte Sie!« fuhr ich wohlwollend fort. »Bei einem Umzug kann man leicht über herumstehende Kartons stolpern. Das passiert auch geschickteren Leuten als Ihnen.«

Er linste zum Telefon. »Ich rufe die Polizei.«

Koslowski bückte sich und rupfte das Telefonkabel aus der Buchse.

Ich schüttelte bedauernd den Kopf. »Jetzt haben Sie meinen Kollegen verstimmt.«

»Verdammt noch mal, Wilsberg, was quatschst du da?« raunzte Koslowski aufs Stichwort. »Ich bin echt sauer. Wenn der Knilch nicht bald den Mund aufmacht, mache ich ihn fertig.«

Ich sog geräuschvoll die Luft ein. »Und das kann sehr, sehr unangenehm für Sie werden, Herr Hofknecht.«

Der Angesprochene taumelte rückwärts, bis seine

Kniekehlen gegen einen vergammelten Polstersessel stießen. Kraftlos sackte er hinein.

Koslowski und ich rückten nach. Der Polstersessel und sein ähnlich speckiges Pendant standen in einem fast leergeräumten Zimmer. Das verbliebene Mobiliar deutete darauf hin, daß es Hofknecht und Corinna Lahrmann früher als Wohnzimmer gedient hatte.

Ich setzte mich vorsichtig auf den zweiten Sessel, Koslowski blieb an der Tür stehen.

»Bestimmt hat Sie der alte Lahrmann geschickt«, fiepte Hofknecht. »Der konnte mich von Anfang an nicht leiden. Und jetzt macht er mich für den Tod seiner Tochter verantwortlich.«

»Wieso sollte er?« fragte ich zurück.

»Weil er weiß, daß ich mich mit UFOs beschäftige.«

»Ich sehe da auch einen Zusammenhang«, stellte ich sachlich fest. »Sie haben die UFOs gesichtet, und Corinna war so begeistert von Ihrer Idee, daß sie gleich hinaufgeflogen ist.«

Der Ufologe stöhnte. »Was ich mache, ist rein wissenschaftlich. Ich sammle Berichte über Sichtungen und Kontakte. Es gibt Zigtausende von Fotos und Videofilmen. Natürlich sind darunter auch Fälschungen oder Phänomene, die sich durch besondere Wetterlagen oder von Menschen konstruierte Geräte wie Wetterballons erklären lassen. Aber nach wissenschaftlich fundierten Erkenntnissen beruhen etwa zehn Prozent aller UFO-Sichtungen auf Kontakten mit Außerirdischen. Bei weltweit rund hunderttausend Berichten über UFOs in den letzten dreißig Jahren können wir also von zehntausend echten Kontakten ausgehen.« Die Schwafelei über sein Lieblingsthema machte Hofknecht wieder munterer. Sein vor wenigen Minuten noch blutleerer Kopf nahm Farbe an. »Soll ich Ihnen Fotos zeigen? Sie müssen in einem von den Kartons da drüben sein.«

»Nein, danke«, lehnte ich ab. »Ich kann mir schon eine Menge irdischer Phänomene nicht erklären, überirdische interessieren mich nicht.«

»Hinzu kommen zahllose Berichte von Augenzeugen«, plapperte Hofknecht weiter. »Einige sind bis auf wenige Meter an UFOs herangekommen, andere sind in die Strahlung geraten und gestorben oder schwer verletzt worden. In Afrika ist ein ganzes Dorf plötzlich vom Erdboden verschwunden.«

»Und auf welchem Planeten ist es gelandet?«

»Das weiß man nicht«, antwortete Hofknecht ernsthaft. »Sagen Ihnen die Städtenamen Parnarama und Happy Camp etwas?«

»Das letzte klingt nach einem Cluburlaub mit Animateuren.«

»Es handelt sich um Kleinstädte in Brasilien und den USA. In beiden Orten hat praktisch die gesamte Bevölkerung UFOs gesehen. In Parnarama sind mindestens vier Menschen an den Folgen der UFO-Strahlung gestorben, viele haben Verletzungen davongetragen. In Aracriguama, ebenfalls Brasilien, wurde Joao Prestes von einem Lichtstrahl getroffen. Er überlebte noch sechs Stunden, doch während dieser Zeit fiel ihm das Fleisch buchstäblich von den Knochen. Es war, sagten Zeugen, als sei sein Körper in heißem Wasser gekocht worden. Das sind belegte und unbestrittene Tatsachen.«

Koslowski grunzte. »Wie lange muß ich mir den Quatsch noch anhören?«

»Ja, Herr Hofknecht«, nahm ich den Faden auf, »wir sind hier, um etwas über den Tod von Corinna zu erfahren. Wie war das mit den Entführungen durch Außerirdische?«

Er sackte zusammen, als hätte jemand bei ihm ein Ventil geöffnet und Luft abgelassen. »Es fing vor ungefähr einem Jahr an«, sagte er, nun wieder mit schüchterner Stimme. »Corinna fühlte sich morgens zerschlagen, sie sagte, sie habe Alpträume gehabt. In den Alpträumen kamen merkwürdige Gestalten vor, die sie betatschten und mißbrauchten. Als habe sich ein anderes Wesen ihres Körpers bemächtigt. Da wußte sie natürlich noch nicht, daß sie von Außerirdischen entführt wurde.«

»Natürlich«, kommentierte ich ironisch. »Und wie hat sie's erfahren?«

»Die Tage, an denen sie erschöpft aufwachte, als habe sie überhaupt nicht geschlafen, häuften sich. Und irgendwann ist es ihr gelungen, die Amnesie zu durchbrechen, die die Außerirdischen aufbauen.«

»Wie?«

Hofknecht klapperte mit den Augenlidern. »Das weiß ich nicht. Von da an bekam Corinna mit, wie die Außerirdischen sie in ihr Raumschiff brachten und Experimente an ihr durchführten. Sehen Sie, die Außerirdischen haben keine Moral im menschlichen Sinn. Es ist eine höherentwickelte Intelligenz, die vielleicht nur vorübergehend Gestalt annimmt. Wir sind lediglich Versuchsobjekte. Es gibt Tausende von Berichten ...«

»Die uns jetzt nicht weiter kümmern«, stoppte ich seinen neuerlichen Vortrag. »Ich will wissen, wie das bei Corinna war.«

»Sie hatte Angst vor den Entführungen, sie wollte nicht mehr dort hinauf. Wir ließen nachts das Licht brennen, schlossen die Fenster. Es nützte alles nichts.«

»Und Sie haben nicht bemerkt, wie Corinna durchs Fenster davonschwebte?«

»Nein. Die Außerirdischen führen langfristige Experimente an einzelnen Personen durch. Mögliche Zeugen werden ausgeschaltet, in eine Art Bewußtlosigkeit versetzt. Allerdings ...«

»Ja?«

»Einmal habe ich es doch mitbekommen.« Er wand sich verlegen in seinem Sessel.

»Nun reden Sie schon, Herr Hofknecht!« ermunterte ich ihn.

»Es ist mir peinlich.« Er wurde rot, aber der Drang, uns Ungläubige zu überzeugen, siegte. »Es war mitten im Geschlechtsverkehr. Ich lag auf Corinna und merkte plötzlich, wie sie starr wurde. Und dann konnte ich mich auch nicht mehr bewegen. Etwas, ich meine, eine Kraft hob mich hoch und legte mich neben Corinna aufs Bett. Ich war wie gelähmt, kein einziger Muskel gehorchte mir, und trotzdem war ich bei vollem Bewußtsein. Ich versuchte, zu Corinna hinüberzuschauen, aber ich konnte die Blickrichtung meiner Augen nicht verändern. Ich sah nur den Streifen Bettlaken unter mir.«

»Und dann?« fragte ich.

»Ich habe keine Ahnung, wie lange es dauerte, eine halbe Stunde oder eine Stunde. Dann machten wir da weiter, wo wir aufgehört hatten.«

»Meine Fresse«, sagte Koslowski von der Tür aus. »Der Typ hat ja einen Knall.«

»Sie können mir nicht absprechen, was ich erlebt habe«, fauchte Hofknecht zurück. »Die Welt ist nicht so simpel, wie Sie denken. Welche Arroganz, anzunehmen, daß wir die einzigen intelligenten Lebewesen im gesamten Universum sind.«

»Nur merkwürdig, daß die ersten UFOs auftauchten, als die Menschen anfingen, Raketen zu bauen, und kleine grüne Männchen durch Hollywood-Filme spazierten.«

»Ach was«, wischte er meinen Einwand beiseite, »Besuche von Außerirdischen hat es schon immer gegeben. Man nannte sie früher nur anders: Trolle, Elfen, Engel, Götter. Aus fast allen alten Kulturen sind Legenden überliefert, in denen Götter vom Himmel herabstiegen, häufig in feuerspeienden Gefährten. Lesen Sie das Neue Testament als Bericht über den Kontakt mit Außerirdischen, und Sie stoßen auf erstaunliche Ergebnisse! Maria wird von einem Engel, also einem Außerirdischen, besucht. Sie gebiert ein Zwitterwesen, halb Mensch, halb Außerirdischer. Daher die überragende Geisteskraft Jesus', seine Fähigkeit, Menschen zu begeistern, Wunder zu vollbringen. Vielleicht war Jesus ein Versuch der Außerirdischen, die Entwicklung der Menschheit zu lenken, sie auf ein höheres Niveau zu führen. Als der Versuch fehlschlug, Jesus scheinbar getötet wurde, holten ihn die Außerirdischen wieder ab. Oder, wie es in der Bibel heißt: Er fuhr in den Himmel hinauf. Denken Sie daran, daß Jesus nach seinem Tod von seinen Jüngern nicht erkannt wurde, offenbar hatte er eine andere Gestalt angenommen. Und dann die feurigen Zungen, die zu Pfingsten herabkamen. Heute würde man dies als typischen UFO-Kontakt deuten.«

»Wow!« sagte ich. »Das bringt mich auf ein anderes Thema. Corinna hatte Ärger mit ihrem Professor. Hing das damit zusammen, daß sie die Schriftrollen vom Toten Meer im Licht Ihrer UFO-Theorien gedeutet hat?«

Hofknecht wurde wieder kleinlauter. »Ich habe mich da rausgehalten. Das war Corinnas eigene Entscheidung.«

»*Was* war ihre eigene Entscheidung?«

»Selbstverständlich haben wir über UFOs diskutiert, vor allem, nachdem Corinna diese Erfahrungen machte. Und man kann die Geschichte der Essener in Qumran durchaus als Folge ...«

Ich stöhnte. »Und das hat ihrem Professor gar nicht gefallen?«

»Er ist so borniert. Ebertien hielt Corinnas Thesen für unwissenschaftlich.«

»Wie hat sie darauf reagiert?«

»Sie war wütend. Er hat sie massiv unter Druck gesetzt, den Text zu überarbeiten. Aber sie wollte nicht klein beigeben. Eher hätte sie auf die Promotion verzichtet.«

»Ich würde das Manuskript gerne mitnehmen«, verlangte ich.

»Nein, das geht nicht«, sagte er trotzig.

Koslowski räusperte sich.

»Sie bekommen es baldmöglichst zurück«, versprach ich.

Hofknechts Blick flatterte zwischen Koslowski und mir hin und her, dann stand er mit hängenden Schultern auf und schlurfte zu einem Umzugskarton. Nach kurzem Suchen kehrte er mit einem verschnürten Bündel Druckseiten zurück.

»Gehen Sie bitte sorgsam damit um! Mir liegt sehr viel daran. Auch wenn die Arbeit nicht fertig geworden ist, stellt sie für mich ein Stück Erinnerung dar, etwas, das Corinna und mich verbindet.«

»Danke.« Ich nahm das Bündel entgegen. »Könnte es sein, daß sich Corinna wegen des Streits mit ihrem Professor umgebracht hat?«

»Nein, ich bin fest davon überzeugt, daß sie das durchgestanden hätte.«

»Weshalb hat sie sich dann umgebracht?«

»Das wissen Sie doch«, fuhr er wütend auf. »Sie konnte die Entführungen nicht mehr ertragen.«

»Sie hat einen Abschiedsbrief hinterlassen, nicht wahr?«

»Ja.«

»An wen ist er gerichtet?«

»An mich.«

»Kann ich ihn lesen?«

»Warum?«

»Ich nehme ihn nicht mit. Ich lese ihn nur.«

»Es ist ein sehr persönliches Schreiben. Müssen Sie in meinen intimsten Sachen schnüffeln?«

»Die Polizei hat ihn doch auch gelesen, oder?«

»Aber die brauchten einen Beweis, daß es tatsächlich Selbstmord war.«

Ich lächelte ihn kurz an. »Ich auch.«

»Mach schon!« sagte Koslowski. »Ich habe nicht den ganzen Tag Zeit.«

Hofknecht dackelte zu einem anderen Karton und kam mit einem einfachen DIN-A4-Blatt zurück. Der Text war mit Kugelschreiber in einer ruhigen, geraden Schrift geschrieben:

Lieber Peter,
es tut mir unendlich leid, daß ich dich allein lassen muß, aber ich habe nicht mehr die Kraft, mich gegen die Anderen zu wehren. Sie sind ständig da und bedrohen mich. Sie lassen mir keine Luft zum Atmen. Es gibt nur eine Fluchtmöglichkeit: in eine Welt, in der sie mich nicht finden. Sei nicht traurig! Wir haben viele schöne Stunden miteinander verbracht. Jetzt kannst du mir nicht mehr helfen. Sag Katja, daß ich ihr für alles danke, was sie für mich getan hat.
Corinna

»Wie hat sie sich umgebracht?« fragte ich.

»Mit Tabletten. Ein Cocktail, kombiniert mit Alkohol. Zusammen eine tödliche Mischung. Sie lag schon im Koma, als ich sie gefunden habe. Der Notarzt hat noch versucht, sie zu reanimieren, aber es war zu spät.«

Ich gab ihm den Brief zurück. »Dann gibt es nur noch einen Punkt, den wir klären müssen, Herr Hofknecht.«

Er stöhnte. »Was denn noch?«

»Sie haben gelogen.«

»Wieso?«

»Als Sie sagten, Sie wüßten nicht, wie es Corinna gelungen sei, die Erinnerung an die Entführungen aufzudecken. Von Corinnas Schwester Katja habe ich erfahren, daß Corinna bei einem Therapeuten war.«

Hofknecht machte eine wegwerfende Handbewegung. »Sie war bei mehreren. Das hat alles nichts gebracht. Die haben ihr Problem als psychisches betrachtet. Aber das war es ja nicht. Die Entführungen haben real stattgefunden.«

»Das meine ich nicht. Es gibt eine Person, die Corinna hypnotisiert hat. Und erst durch die Hypnose wurde Corinna bewußt, was die Außerirdischen mit ihr machten.«

Der Ufologe rutschte unruhig auf seinem Sessel herum. »Ich habe keine Ahnung, wovon Sie reden. Ich kenne keinen Hypnotiseur.«

Jemand pochte an die Wohnungstür und rief: »Pete! Kannst du mal eben rüberkommen!« Es klang nach dem Jüngling in der Lederjacke.

Ich bedeutete Hofknecht, den Mund zu halten.

»Pete, mach auf! Ich weiß, daß du da bist.«

Hofknecht stand auf, und Koslowski entfaltete drohend seine muskulösen Arme.

»Was ist los, Mike?« Dummerweise hatte Hofknecht begriffen, daß ihm eine Chance geboten wurde, uns zu entkommen.

»Du mußt mir helfen. Es dauert nicht lange.«

»Ich komme, Mike.« Ein freches Grinsen huschte über sein Gesicht. »Ja, meine Herren, ich fürchte, Sie müssen jetzt gehen.«

»Na schön.« Ich stand auf und legte eine Visitenkarte auf den nächstbesten Umzugskarton. »Falls Ihnen doch noch etwas einfällt, rufen Sie uns bitte an!«

»Noch ein paar Minuten, und wir hätten ihn am Wickel gehabt«, sagte Koslowski kauend.

»So leicht können wir Hofknecht nicht mehr überraschen«, konstatierte ich mit vollem Mund. »Der wird jetzt vorsichtig sein. Ich denke, ich hänge mich ein bißchen an ihn dran und sehe zu, daß ich ihn in einem günstigen Augenblick erwische.«

»Tu das!« Koslowski schob sich ein Viertel Pizza in den Mund.

Wir hatten zwei Tiefkühlpizzen im Backofen aufgewärmt und vertilgten die mit Schinken und Salami belegten Fladen im Büro.

Die Türglocke schrillte. Blitzschnell ließen wir die Essensreste in den Schreibtischen verschwinden, dann drückte ich auf den Türöffner. Mit geschäftsmäßigen Mienen erwarteten wir unseren Besuch.

Es war Franka.

Ich holte meine Pizza wieder hervor und aß weiter.

»Ihhh«, sagte Franka, »Aasfraß. Mußt du das vor meinen Augen essen?«

Ich drohte ihr mit dem Messer. »Das ist mein Büro. Seitdem mich ein gewisses Veganes Kommando Münsterland in eine Höhle gesperrt hat, bin ich allergisch gegen Rohkost.«

Franka trug einen kurzen Rock über einer mit Löchern übersäten Strumpfhose. Ihr Haar schillerte in allen Regenbogenfarben und war sorgfältig auf Unordnung gestylt. Vor einigen Monaten hatte sie zusammen mit ihren veganischen Freunden ein Affenhaus in Schapdetten überfallen, zwölf Kapuzineraffen befreit und nebenbei die beiden Wachmänner ins Reich der Träume geschickt. Die beiden Wachmänner waren niemand anderes als Koslowski und ich gewesen. Bei dem Versuch, die entführten Affen aufzuspüren, fiel ich dem Veganen Kommando ein paar Tage später noch einmal in die Hände. Franka und ihre Freunde sperrten mich in ein unterirdisches Verlies und diskutierten mit mir über Tierrechte. Trotzdem waren die Kids gar nicht so übel, mit einigen freundete ich mich sogar an. Und seit der Gründung des Detektivbüros *Wilsberg & Partner* jobbte Franka bei uns als Aushilfskraft für kleine, ungefährliche Aufträge.

»Warum antwortest du nicht auf meine Anrufe?« Sie stolzierte im Büro auf und ab, so daß wir ein größeres Strumpfloch knapp unterhalb ihres Gesäßes bewundern konnten. »Es ist echt ätzend, hinter dir herzutelefonieren.«

»Ich bin nicht dazu gekommen«, verteidigte ich mich lahm. »Wir haben im Moment viel Arbeit.«

»Deshalb bin ich ja hier. Ich brauche Knete. Wie wär's mit einer süßen, kleinen Beschattung?«

Ich schüttelte den Kopf. »Für dich ist nichts dabei. Koslowski treibt sich auf Baustellen herum, da kannst du in deinem Aufzug unmöglich erscheinen.«

Sie drehte eine Pirouette. »Was ist an meinem Aussehen auszusetzen?«

»Kannst du dir vorstellen, was passiert, wenn du in ein Rudel sexuell ausgehungerter, polnischer Bauarbeiter gerätst? Und ich beschäftige mich mit Entführungen durch Außerirdische. Ein hochkomplizierter Fall, der jede Menge Logik erfordert.«

»He!« Sie schob eine Pobacke auf meinen Schreibtisch. »Entführungen durch Außerirdische klingt gut. Und Logik ist meine Spezialität.«

»Keine Chance«, wehrte ich ab. »Vielleicht in einem späteren Stadium der Ermittlungen.« Mein Blick fiel auf die Fragmente von Corinna Lahrmanns Doktorarbeit. »Das heißt, etwas könntest du doch tun.«

Ihr Nasenring hüpfte vor Freude. »Was?«

Ich griff nach dem verschnürten Bündel. »Das hier lesen. Es ist eine wissenschaftliche Arbeit aus dem Fach Archäologie. Mich interessiert, ob etwas über Außerirdische drinsteht.«

Ihre Mundwinkel sackten nach unten. »Das alles soll ich lesen?« Sie wog die Blättersammlung in den Händen. »Das sind mindestens dreihundert Seiten.«

»Willst du einen Job oder nicht?«

»Ja, schon ...«

»Lies es diagonal, bis du die Stellen gefunden hast, auf die es ankommt!«

Die Geste, mit der sie das Bündel auf die Schulter wuchtete, ließ keinen Zweifel daran, daß sie sich von mir ausgebeutet fühlte. »Bis wann?«

»Am besten bis morgen.«

»Du spinnst.«

»Der Auftrag muß in vier Tagen abgeschlossen sein. Habe ich schon mal erwähnt, daß Detektivarbeit die reinste Knochenmühle ist?«

»Okay, Georg, ich werde mir die Nacht um die Ohren schlagen. Dir zuliebe.«

»Schreib die Stunden auf!« rief ich ihr nach, als sie hochhackig davonstiefelte.

»Die heutige Jugend ist einfach undankbar«, feixte Koslowski.

»Aber sie ist ein nettes Mädchen. Willst du auch einen Espresso?«

»Also, ich mach mich dann auf die Socken«, sagte Koslowski. »Muß noch einige Sachen besorgen für heute abend.«

»Gut. Und ich kümmere mich um Hofknecht. Du bist sicher, daß du keine Rückendeckung brauchst?«

»Ach was«, winkte mein Partner ab. »Zu zweit würden wir viel eher auffallen. Und für den Notfall habe ich meinen Schlagring dabei. Falls die Operation glückt und Wallhorst mir belastendes Material aufs Band quatscht, melde ich mich heute nacht. Ansonsten sehen wir uns morgen früh.«

Kurz darauf brach ich ebenfalls auf. Allzu große Hoffnungen hegte ich nicht, Hofknecht in einer stillen Ecke zu erwischen, aber da mir Franka glücklicherweise die Lektüre der Doktorabeit abgenommen hatte, fiel mir keine sinnvollere Tätigkeit ein, als im Auto zu hocken und das graue Haus auf der anderen Seite der Steinfurter Straße zu beobachten – soweit mir der rollende und stehende Verkehr und die dunstigen Abgase dazu die Gelegenheit boten.

Eine Stunde später fragte ich mich, ob ich nicht besser mit Franka getauscht hätte. Doch dann öffnete sich die Haustür, und ein Norweger-Pullover wurde sichtbar.

Der Träger des bunten Strickwerks stakste auf spilleriget Beinen zu einem in der Nähe geparkten, grünen Kadett. Peter Hofknecht machte sich auf den Weg nach irgendwo.

Inzwischen hatte ich dem geleasten Alfa Romeo – etwas Luxus darf man sich bei einer Firmengründung gönnen – die Sporen gegeben und eine halsbrecherische Kehre, die von wütendem Hupen begleitet wurde, auf den Asphalt der Steinfurter Straße gelegt. Als Hofknecht losfuhr, hing ich etwa fünfzig Meter hinter den Heckflossen seines altersschwachen Opels.

Der Ufologe fuhr geradewegs aus Münster hinaus, an der Eissporthalle vorbei zur B 54 N, die ich erst am Vortag benutzt hatte, um nach Schöppingen zu gelangen. Kurz vor der Autobahnauffahrt bog er nach rechts ab, auf die alte B 54, die nach Nienberge und Altenberge führte.

In Nienberge, dem verschlafenen, nordwestlichen Vorposten Münsters, lenkte er sein Gefährt erneut nach rechts, bis wir einen noch kleineren, noch beschaulicheren, noch verträumteren Stadtteil Münsters erreichten: Nienberge-Häger. Hier war die Welt praktisch zu Ende, und konsequenterweise stellte Hofknecht den Kadett vor einem Gartenzaun ab, hinter dem sich, etwa zwanzig Meter von der Straße versetzt und von einer Garde Obstbäume bewacht, ein weißgestrichenes Haus erhob.

Da in Nienberge-Häger Verkehr nicht die Regel, sondern die Ausnahme darstellte, konnte ich nur durch ein Fernglas verfolgen, wie Hofknecht das weiße Haus betrat. Nach einer halben Stunde kam er wieder heraus, setzte sich in sein Auto und düste in umgekehrter Richtung davon.

Ich blieb noch. Durchs Fernglas hatte ich nämlich nicht entziffern können, was auf dem Schild stand, das neben der Gartentür angebracht war. Als Spaziergänger getarnt, schlenderte ich am Gartenzaun entlang. Und dann mußte ich lächeln. Unfreiwillig hatte mich Peter Hofknecht ein gutes Stück weitergebracht.

Das Schild enthielt eine Berufsangabe: *Friedhelm Angernagel. Psychotherapeut.*

Als am späten Abend das Telefon klingelte, dachte ich an Koslowski und fragte: »Wie war's?«

»Oh, Sie haben den Anruf von jemand anderem erwartet.«

»Dabei höre ich Ihre Stimme fast noch lieber, Frau ...«

»Schmidt. Schleimen Sie nicht rum! Ich bin nur zweite Wahl.«

»Es ging um meinen Kollegen«, erklärte ich. »Er ist in einem wichtigen Auftrag unterwegs.«

»Wenigstens keine Frau.« Sie kicherte kokett. »Das beruhigt mich ungemein.«

Es schien ihr gut zu gehen. Ich kleidete meine Beobachtung in eine entsprechende Bemerkung.

»Ja, heute geht's mir wirklich gut. Das schwankt von Tag zu Tag. Je nachdem, ob mich die Außerirdischen in Ruhe lassen oder nicht. Und wie sind Sie vorangekommen?«

»Ein bißchen«, untertrieb ich. »Leider darf ich Ihnen ja keine Fragen stellen.«

»Nein, das dürfen Sie nicht.«

»Aber wir könnten ein kleines Spiel spielen. Ich stelle Ihnen eine Frage, und wenn Sie drei Sekunden schweigen, war es ein Ja.«

Sie überlegte. »Na gut. Lassen wir es auf einen Versuch ankommen.«

»Erste Frage: Sind Ihnen die Erlebnisse bei den Außerirdischen erst durch Hypnosesitzungen richtig bewußt geworden?«

Ich zählte bis drei. Ein Ja.

»Nächste Frage: Sind Sie von einem Therapeuten hypnotisiert worden?«

Sie schnaufte, sagte aber nichts. Wieder ein Ja.

»Dritte Frage: Heißt der Therapeut Friedhelm Angernagel?«

»Wie sind Sie darauf gekommen?« brach es aus ihr heraus.

Ich genoß meinen Triumph. »Detektivischer Spürsinn.«

»Dieses Schwein«, polterte sie los. »Er hat alles nur noch schlimmer gemacht. Ich hasse ihn.«

»War Corinna Lahrmann auch bei ihm in Behandlung?«

»Wahrscheinlich. Hören Sie, ich will nicht über Angernagel reden. Allein der Name verursacht bei mir schlechte Laune.«

»Okay«, lenkte ich ein. »Reden wir über etwas anderes. Was machen Sie, wenn Sie nicht gerade von Außerirdischen entführt werden?«

»Interessiert Sie das wirklich?« fragte sie skeptisch.

»Ganz ehrlich. Ich finde Ihre Stimme sehr sympathisch.«

»Jetzt schmeicheln Sie mir wieder.«

»Haben Sie es lieber rauh und herzlos?« tat ich beleidigt.

Sie zögerte. »Ich finde Ihre Stimme ja auch nett.«

»Dann steht einer persönlichen Begegnung eigentlich nichts mehr im Wege.«

»Nein, das geht nicht.«

»Völlig anonym, selbstverständlich. An einem neutralen Ort, in einem Café oder Museum.«

»Vielleicht in ein paar Tagen«, sagte sie rasch. »Und um Ihre Frage zu beantworten: Mein Leben ist ziemlich langweilig. Ich sitze den ganzen Tag am Schreibtisch, lese und schreibe. Morgens und abends laufe ich eine halbe Stunde an der Promenade. Das ist alles.«

»Mein Leben ist auch nicht aufregender. Die meiste Zeit sitze ich im Auto und warte darauf, daß jemand einen Fehler macht.«

»Ich dachte, die Arbeit eines Detektivs sei spannend und gefährlich.«

»Das ist nur in Filmen und Büchern so, in der Wirklichkeit leider nicht. Nein, ich bin ein ziemlicher Langweiler. Wir passen eigentlich wunderbar zusammen.«

Sie schwieg.

»Und was machen wir jetzt?« fragte ich.

»Ich rufe Sie wieder an.«

Beinahe hätte ich sie überzeugt.

Koslowski meldete sich nicht.

Ich ließ es in seiner Wohnung klingeln, aber er nahm nicht ab. Ich versuchte mich zu erinnern, was er gesagt hatte. Richtig, er wollte nur anrufen, falls er Erfolg gehabt hatte.

Dann war die Aktion wohl ein Schlag ins Wasser gewesen, und er machte gerade einen Zug durch die Gemeinde, um seinen Frust im Alkohol zu ertränken.

V

Um zwei Uhr nachts läutete es an der Wohnungstür. Es war Stürzenbecher. Wenn man mitten in der Nacht von einem Hauptkommissar der münsterschen Kripo besucht wird, gibt es eine Quote von eins zu einer Million, daß es etwas Gutes bedeutet. Als ich Stürzenbechers gramzerfurchtes Gesicht sah, wußte ich, daß mir nicht einmal diese minimale Chance blieb.

»Zieh dich an!« sagte Stürzenbecher.

Ich ließ ihn in den Flur und fragte: »Was ist passiert?«

Er rieb sich über das gräuliche Gesicht. Stürzenbecher mußte um die Fünfzig sein, aber in Momenten wie diesen ging er glatt für Sechzig durch.

»Es tut mir leid ...«

Ich merkte, wie mein Kreislauf einen nervösen Aussetzer bekam, und lehnte mich gegen einen Türpfosten. »Wer ist tot?«

»Koslowski.«

»Das kann nicht sein«, stammelte ich. »Der Kerl ist nicht totzukriegen.«

»Er ist mausetot.«

»Wie?« fragte ich heiser.

»Aus nächster Nähe in seinem Auto erschossen. Der Mörder hat ihm die Pistole quasi an die Schläfe gesetzt.«

»Wo?«

»In den Rieselfeldern. Ein Liebespärchen hat ihn bei einem lauschigen Nachtspaziergang entdeckt. Vor etwa anderthalb Stunden.«

»Was hat er in den Rieselfeldern gemacht?« dachte ich laut.

»Das ist eine der Fragen, die ich dir stellen wollte.«

Ich schüttelte den Kopf. »Keine Ahnung. Er war auf dem Weg zum Preußen-Stadion.«

»Als Fußball-Fan?«

»Nein, beruflich. Die Person, die er überwacht hat, wollte sich dort mit einem Kontaktmann treffen. Koslowski hat ein Aufnahmegerät mitgenommen. Wir brauchten belastendes Material.« Meine Stimme klang monoton und gefühllos. Irgendwie arbeitete mein Verstand automatisch.

Stürzenbecher nickte. »So etwas Ähnliches habe ich mir gedacht. Das Aufnahmegerät befand sich auf dem Rücksitz, aber es war keine Kassette drin. Möglich, daß der Mörder sie mitgenommen hat. Nach einem Raubmord sieht es jedenfalls nicht aus. Das Auto ist nicht geplündert worden, und Koslowski hatte ungefähr zweihundert Mark in den Taschen. Und ein Selbstmord scheidet ebenfalls aus, da wir die Pistole nicht gefunden haben.«

Der Hauptkommissar schaute mich prüfend an. »Wie heißt die Person, hinter der er her war?«

»Christoph Wallhorst, ein Bauunternehmer aus Münster.«

»Und der Typ, mit dem sich Wallhorst getroffen hat?«

»Unbekannt. Koslowski vermutete, daß es jemand aus Brüssel sein könnte. Von einer Firma namens *Interwork Company*.«

»Okay. Zieh dich jetzt an! Alles weitere kannst du mir unterwegs erzählen.«

»Wo fahren wir hin?«

»Zur Gerichtsmedizin. Du mußt Koslowski identifizieren. Er hat keine Verwandten, abgesehen von einer Schwester in Argentinien.«

Das Gebäude der Gerichtsmedizin, genauer gesagt des Instituts für Rechtsmedizin, stand etwas abseits der Von-Esmarch-Straße, zwischen vielen anderen, ähnlich seelenlosen Backstein-Kästen.

Während der Fahrt hatte ich Stürzenbecher von dem Fall berichtet, an dem Koslowski gearbeitet hatte. Ich fühlte mich hohl und taub, ein Teil meines Verstandes weigerte sich zu akzeptieren, daß Koslowski nicht mehr lebte, der andere leierte abgespeicherte Informationen herunter. Stürzenbecher hörte aufmerksam zu und stellte gelegentlich Zwischenfragen, während ich blind auf die Straße starrte.

Schließlich sagte der Hauptkommissar: »Osteuropäische Bauarbeiter, russische Mafia, das gefällt mir gar nicht. Wenn der Täter ein Profi ist, und einiges spricht dafür, dann ist er längst wieder auf dem Weg ins Ausland.«

»Aber wir haben Wallhorst.«

»Hoffentlich.« Er nahm das Funkgerät aus der Halterung und beorderte einen Polizeiwagen vor das Haus des Bauunternehmers. Die Beamten sollten lediglich beobachten und Wallhorst an der Flucht hindern, falls er eine solche beabsichtigte oder noch nicht in die Tat umgesetzt hatte.

»Um Wallhorst kümmern wir uns später. War das der einzige Fall, an dem ihr gearbeitet habt?«

Ich dachte an den Besuch, den Koslowski und ich Peter Hofknecht abgestattet hatten. »Ich beschäftige mich mit einer anderen Sache. Aber da gibt es keine Querverbindungen.«

»Hatte er sonst irgendwelche Feinde?«

»Du kanntest ihn doch, er gehörte nicht zu den Sanftmütigen im Lande. Ich schätze, es gibt eine Menge Leute, die ihm alles Mögliche an den Hals wünschten.«

»Drohungen?«

»Nicht, daß ich wüßte, jedenfalls keine aktuellen.«

»Und privat?«

Was wußte ich über Koslowskis Privatleben? Nach dem Tod seiner Frau war er keine längerfristige Beziehung mehr eingegangen. Ab und zu traf er sich mit früheren Kollegen in der Kneipe, um alte Geschichten aufzuwärmen. Ansonsten war sein Privatleben so abwechslungsreich wie das eines Astronauten auf dem Flug zum Mars.

Ich zuckte mit den Achseln.

»Dann los!« sagte Stürzenbecher. Er machte den Versuch, es aufmunternd klingen zu lassen, was ihm nur dürftig gelang.

Wir kletterten aus dem Auto und wurden von einem protzigen, wilhelminischen Portal verschluckt.

Die Leichen lagen im Keller. Die Leichen liegen immer im Keller. Vermutlich, weil es für die Lebenden schwerer zu ertragen wäre, wenn sie wüßten, daß sich der Tod über ihren Köpfen befindet.

Es war ein kalter, weißgekachelter Raum mit ausfahrbaren Kühlschränken. Ein älterer Mann, dessen Teint im hellen Neonlicht genauso fahl wirkte wie der seiner Kunden in den Kühlschränken, erhob sich ächzend von einem Stuhl und humpelte uns entgegen. Er erkannte Stürzenbecher und nickte ihm zu. »Die Einlieferung von heute nacht, nehme ich an?«

»Koslowski«, bestätigte der Hauptkommissar.

Mit müden Schritten bewegte sich der Mann zu einer Schranktür. Der Inhalt glitt auf Schienen heraus. Mit einem Ruck entfernte der Mann das weiße Laken vom Kopfende des massigen Körpers. Koslowski war tot, das ließ sich nicht leugnen.

»Setz dich hin!« sagte Stürzenbecher. »Du siehst etwas blaß aus.«

Ich setzte mich hin.

»Willst du einen Schnaps?«

Ich nickte.

Der Hauptkommissar verschwand kurz und kam mit einem halbgefüllten Plastikbecher zurück. »Gehört zum Inventar. Ich genehmige mir manchmal auch einen, wenn ich bei einer Autopsie zugucken muß.«

Ich nahm einen Schluck von dem scharfen Brandy.

»Kannst du gehen?« fragte Stürzenbecher besorgt.

Ich nickte wieder.

Ohne daß ich richtig mitbekommen hatte, wie wir dort hingelangt waren, saßen wir wieder in Stürzenbechers Wagen. Meine rechte Hand hielt immer noch den Plastikbecher umklammert. Der Hauptkommissar redete auf das Funkgerät ein. Mit halbem Ohr hörte ich, wie er zuerst mit der Zentrale und dann mit einem seiner Assistenten verhandelte.

»In Koslowskis Wohnung haben wir nichts gefunden«, teilte er mir mit. »Wir müssen uns auch noch in eurem Büro umsehen, aber zuerst ist Wallhorst an der Reihe. Soll ich dich zu Hause absetzen?«

Ich schüttelte den Kopf. »Ich will mitkommen.«

»Du machst einen ziemlich fertigen Eindruck.«

Ich setzte mich aufrechter hin. »Ich bin in Ordnung.«

»Na schön.« Stürzenbecher startete den Motor. »Wie hat Koslowski von dem Treffen im Preußen-Stadion erfahren?«

»Er hat Wallhorst abgehört. Ich nehme an, sie haben sich telefonisch verabredet.«

Stürzenbecher schnalzte. »Eine illegale Kiste. Können wir als Beweismittel vor Gericht vergessen. Trotzdem, die Aufnahme hätte ich gerne. Die Stimme des Unbekannten würde uns ein erhebliches Stück weiterbringen.«

Mir fiel auf, wie wenig ich mich um Koslowskis Fall gekümmert hatte. Seit dem Besuch von Katja Lahrmann-Tiemen hatte ich mich mit Elan auf die Außerirdischen gestürzt und den anderen Auftrag verdrängt. Ein unverzeihlicher Fehler. »Ich habe keine Ahnung, ob er das Gespräch aufgenommen hat und was mit der Kassette passiert ist.«

»Redet ihr nicht über sowas?«

»Normalerweise schon.«

Der Hauptkommissar kaute an einer kritischen Bemerkung. Ich war ihm dankbar, daß er sie hinunterschluckte. Vorwürfe konnte ich mir selbst machen.

»Was anderes, Wilsberg.« Seine Stimme wurde versöhnlicher. »Ich habe mit der Schwester in Argentinien telefoniert. Sie sagt, sie kann nicht rüberkommen, aus welchen Gründen auch immer. Wenn das alles vorüber ist, ich meine die gerichtsmedizinische Untersuchung, kümmerst du dich dann um die Beerdigung und den Nachlaß?«

»Ja, das bin ich Koslowski schuldig.«

Danach schwiegen wir. Stürzenbecher fuhr über den Ring bis zur Warendorfer Straße und dann stadtauswärts. Wallhorst wohnte in einer Seitenstraße der Mondstraße, in einem modernen Haus, das wahrscheinlich vom Bauunternehmen *Disselbeck & Wallhorst* erbaut worden war. In der näheren Umgebung lebten noch andere Neureiche.

Vor dem Haus standen ein Streifenwagen und ein Zivilfahrzeug mit jeweils zwei Insassen.

»Fälle, in denen es nach Geld stinkt, liebe ich besonders«, sagte Stürzenbecher. »Die bringen doppelt soviel Ärger.«

Wir stiegen aus. Der Hauptkommissar legte mir eine Hand auf die Schulter. »Eins noch, Wilsberg: Halt dich ja zurück! Ich führe die Untersuchung.«

»Ist mir klar«, sagte ich.

Wallhorst tat so, als habe er bis zu unserem Klingeln

geschlafen, was ihm nur dürftig gelang. Er trug einen schwarzen, silberlöwenverzierten Hausmantel und gähnte ein paarmal demonstrativ. Andererseits war er nicht sonderlich überrascht, als ihm Stürzenbecher seinen Kripo-Ausweis vor die Nase hielt. Was darauf schließen ließ, daß er uns erwartet hatte.

Mit einer nonchalanten Armbewegung bat der Unternehmer unsere kleine Delegation in die Halle seines im offenen Stil gebauten Hauses. Wenn man nach oben blickte, konnte man einige teure Möbelstücke entdekken, außerdem einen Frauenkopf, der sich über das Geländer im ersten Stockwerk beugte.

Neben Stürzenbecher und mir waren die beiden Insassen des Zivilfahrzeuges mitgekommen. Stürzenbecher stellte sie als Oberkommissar Beckmann und Kommissarin Kleinhaupt vor.

»Darf ich fragen, was ich für Sie tun kann?« erkundigte sich Wallhorst freundlich.

Stürzenbecher fixierte ihn mit dem harten Polizistenblick. »Wo waren Sie gestern abend, Herr Wallhorst?«

Die unschuldig gerunzelte Stirn und der erstaunte Blick waren eine reife schauspielerische Leistung. »Warum interessiert Sie das?«

»Gibt es einen Grund, meine Frage nicht zu beantworten?«

»Nein, eigentlich nicht.« Wallhorst lächelte arrogant. »Allerdings bin ich im Umgang mit Behörden generell vorsichtig. Vielleicht ein berufsbedingter Reflex.«

Stürzenbecher verzog keine Miene. »Sie können selbstverständlich die Aussage verweigern und Ihren Anwalt anrufen.«

Wallhorst grinste erneut, um zu demonstrieren, daß er sich nicht einschüchtern ließ. »Das klingt so, als würde ich einer Tat verdächtigt.«

Was für ein ultracooles Arschloch, dachte ich.

»Im Moment nicht«, gab sich Stürzenbecher reserviert.

»Nun gut, Herr Hauptkommissar, ich bin müde und will wieder ins Bett. Also lassen wir das kleine Katz-und-Maus-Spiel. Ich war gestern abend im Stadion von Preußen Münster.«

»Allein?«

»Nein, mit meinem Schwager.«

»Mit Ihrem Schwager?«

»Ja, der Bruder meiner Frau«, erklärte Wallhorst aufreizend. »Er ist ein ähnlich fußballbegeisterter Narr wie ich. Obwohl die derzeitigen Leistungen von Preußen Münster keinen Anlaß zur Begeisterung bieten.«

Die Kommissarin Kleinhaupt hatte bereits ihren Notizblock gezückt, und der Bauunternehmer diktierte Name und Adresse. Mit einem angedeuteten Nicken schickte Stürzenbecher seine beiden Untergebenen hinaus. Leicht belustigt verfolgte Wallhorst den Abgang der Kommissare. Offensichtlich hatte er seinen Schwager rechtzeitig instruiert.

»Die beiden fahren jetzt zu Willi, nicht wahr?«

»Ja, das tun sie«, bestätigte Stürzenbecher.

»Der wird Ihnen auch nicht mehr sagen können als ich. Es sei denn, Sie wollen erfahren, wie das Spiel ausgegangen ist.« Seufzend plazierte Wallhorst seinen strandbraunen Körper auf einem Designerstuhl. »Eins zu eins. Ein lahmer, ermüdender Kick. Schon das vierte Heimspiel in Folge, das die Preußen nicht gewonnen haben.«

»Was haben Sie nach dem Spiel gemacht?« fragte Stürzenbecher.

»Wir sind nach Hause gefahren, getrennt. Das Spiel war nicht dazu angetan, unsere Lebensgeister zu wekken. Bei einem Sieg hätten wir wahrscheinlich im *Adlerhorst* noch ein Glas getrunken. Aber so. Außerdem habe ich morgen, das heißt heute, einen harten Tag vor mir.« Er gähnte.

»Ist Ihnen während des Spiels jemand aufgefallen?«

»Ja, die Nummer Zehn der Gäste. Ein Klasse-Mann im Mittelfeld.«

Zum Glück hatte ich keine Pistole dabei. Sonst hätte ich ihn erschossen.

»Ich meine keinen Fußballspieler«, sagte Stürzenbecher scharf. »Ein Zuschauer. Ein etwa einsneunzig großer Mann, der hinter Ihnen saß.«

»Habe ich nicht gesehen. Gut möglich, daß er hinter mir saß, aber ich habe mich nicht umgedreht. Ist dieser Mann der Grund dafür, daß Sie mir die Nachtruhe stehlen?«

»Ja.«

»Ist ihm etwas zugestoßen?«

»Er ist erschossen worden«, sagte Stürzenbecher mit neutraler Stimme.

»Oh.« Wallhorst rieb sich die Augen. »Das tut mir leid. Ich war's nicht. Ich besitze keine Pistole. Und Willi auch nicht.«

»Der Mann war ein Privatdetektiv. Er hat Sie beschattet, Herr Wallhorst.«

Er brauchte eine Sekunde zu lange, um den angemessenen Ausdruck von Überraschung auf sein Gesicht zu zaubern. »Mich? Weswegen?«

»Weil es vielleicht gar nicht Ihr Schwager war, der neben Ihnen saß.«

»Sondern?«

»Ein Unbekannter. Ein Mann, der aus Brüssel angereist ist.«

»Wer sagt das? Der tote Privatdetektiv?«

Ich mußte mich zurückhalten, um Wallhorst nicht mit bloßen Händen zu erwürgen. Stürzenbecher warf mir einen warnenden Blick zu.

»Ich geh nach draußen«, sagte ich heiser.

Der Hauptkommissar nickte aufmunternd.

»War nett, Ihre Bekanntschaft gemacht zu machen«, rief Wallhorst mir nach.

Zum ersten Mal bedauerte ich, daß die Folter als Instrument der Wahrheitsfindung abgeschafft worden war.

Als ich auf der Straße stand, atmete ich ein paarmal tief durch. Dann steckte ich mir mit zitternden Fingern einen Zigarillo in den Mundwinkel. Es war empfindlich kalt geworden. Die beiden Uniformierten, die im Streifenwagen saßen, ließen den Motor laufen, um sich aufzuwärmen. Hinter den beschlagenen Fensterscheiben konnte man ihre Gesichter nur schemenhaft erkennen. Ich drehte mich um und betrachtete Wallhorsts Haus. Eine Bombe wäre auch nicht schlecht.

Einer der Polizisten stieg aus und fragte in der Art von Polizisten, die jemanden aufgreifen, der versehentlich nackt auf der Straße herumläuft: »Kann ich Ihnen helfen?«

»Nein.«

»Sind Sie sicher?«

»Vollkommen.«

Ich hatte den Zigarillo gerade aufgeraucht, da kam Stürzenbecher aus dem Haus.

»Und?« fragte ich.

»Er bleibt bei seiner Geschichte«, sagte der Hauptkommissar genervt. »Vorläufig kommen wir nicht an ihn ran.«

»Warum stellst du nicht sein Haus und sein Büro auf den Kopf? Irgendwo muß es doch einen Hinweis auf den Mann aus Brüssel geben.«

»Mit welcher Begründung? Weil er sich mit seinem Schwager ein Fußballspiel angeguckt hat?«

»Du glaubst ihm doch nicht etwa?« giftete ich.

»Nein, er lügt. Er war auf unsere Ankunft vorbereitet. Und er fühlt sich sehr sicher. Im übrigen ist er der arroganteste und beschissenste Kotzbrocken, den ich seit langem gesehen habe, wenn du meine persönliche Meinung hören willst. Aber das reicht nicht für einen Hausdurchsuchungsbefehl. Und selbst wenn, ich sage: wenn, ich den Staatsanwalt und den Untersuchungsrichter weichquatschen könnte, mir einen Durchsuchungsbefehl zu unterschreiben – was, glaubst du, wird passieren, wenn wir *nichts* finden? Dann hetzt mir Wallhorst eine Horde lackierter Anwälte auf den Hals und meine Vorgesetzten stehen Schlange, um mir den Kopf abzureißen.«

»Na und?« fauchte ich. »Es ist nicht *irgendwer* umgebracht worden. Es hat meinen Partner erwischt.«

»Herrgott noch mal, Wilsberg, ich brauche Indizien, zumindest den Schatten eines Indizes. Das einzige, was wir haben, ist deine unmaßgebliche Aussage, daß Koslowski während des Fußballspiels vermutlich hinter ihm gesessen hat.«

Wir starrten uns an.

»Reg dich ab!« sagte Stürzenbecher sanft. »Ich kriege ihn. Wir müssen nur Geduld haben. Ich werde veranlassen, daß ein Foto von Koslowski mit einem Aufruf in die Zeitungen kommt. Vielleicht haben andere Zuschauer den Unbekannten gesehen. Außerdem setze ich mich mit Europol in Verbindung. Möglicherweise gibt es Material über diese Firma in Brüssel, wie hieß sie noch gleich?«

»*Interwork Company*.«

»Richtig. Und zuallererst stellen wir *dein* Büro auf den Kopf. Die wichtigsten Hinweise liegen manchmal ganz oben auf dem Schreibtisch, da, wo man sie nie sucht.«

VI

Lagen sie aber nicht.

Koslowski war kein Mann des Wortes gewesen, des verschriftlichten schon gar nicht. Und mit dem Computer hatte er ohnehin auf Kriegsfuß gestanden. Berichte abzufassen fiel in mein Ressort. So verwunderte es mich nicht, daß Stürzenbecher und seine Leute erfolglos blieben. Nach einer halben Stunde vergeblichen Suchens zogen sie wieder ab.

Anschließend klingelte ich Hubert Disselbeck aus dem Bett. Ich unterrichtete ihn davon, daß sein Kompagnon Wallhorst inzwischen wußte, daß er von Privatdetektiven überwacht wurde. Der Bauunternehmer zeigte sich erbost und redete von Schwierigkeiten, die er jetzt bekommen würde. Ich war auch erbost, und zwar darüber, daß er für Koslowskis Tod nicht ein Fitzelchen Mitgefühl aufbrachte. Nach einem kurzen Moment des Erstaunens hatte er das Ereignis abgehakt und war zum Geschäftlichen übergegangen, so, als ob das alles nichts weiter wäre als ein lästiger Betriebsunfall. Wir wurden beide lauter und unfreundlicher, und dann endete das Telefongespräch damit, daß ich den Hörer auf die Gabel knallte.

Der Himmel über dem Kreuzviertel färbte sich morgendlich grau. Ich fühlte mich fit wie eine ausgepreßte Zitrone, ich war todmüde und hatte gleichzeitig Angst, die Augen zu schließen. Ich wußte, daß ich Koslowskis weißes Leichengesicht sehen würde, garniert mit einem schwarzen Loch an der Schläfe. Als Kompromiß legte ich mich zwei Stunden ins Bett und starrte an die Dekke.

Nachdem ich mich wieder angezogen und eine Kanne Kaffee gekocht hatte, starrte ich zur Abwechslung in die Kaffeetasse. Wahrscheinlich wäre ich den ganzen Tag so sitzengeblieben, wenn mich nicht Katja Lahrmann-Tiemen gestört hätte.

Sie musterte kurz meine vermutlich blutunterlaufenen Augen und sagte: »Ich habe etwas für Sie.«

»Nehmen Sie doch erstmal Platz!« schlug ich vor. Statt ins Besprechungszimmer schlurfte ich in den Büroraum zurück. Dort konnten wir ja niemanden mehr bei der Arbeit stören. Als sie sich auf Koslowskis Stuhl setzte, kroch mir ein komisches Gefühl den Rücken herunter.

Ich durfte ihr dabei zusehen, wie sie ein Scheckformular ausfüllte. »Was machen Sie da?«

»Das sehen Sie doch. Ich stelle einen Scheck aus.«

»Wofür?«

»Wie nannten Sie es gleich? Das Fünf-Tage-Paket. Mein Mann hat herzhaft gelacht, als ich ihm davon erzählte.«

»Der Auftrag ist noch nicht abgeschlossen, Frau Lahrmann-Tiemen. Ich habe zwar gewisse Fortschritte erzielt, aber ...«

»Der Auftrag *ist* abgeschlossen, Herr Wilsberg.« Sie schob den Scheck auf meine Schreibtischseite. Ich las tausendfünfhundert in Buchstaben und Zahlen.

»Damit sind wohl alle Spesen und sonstigen Auslagen abgedeckt.«

»Das ist sehr großzügig von Ihnen, Frau Lahrmann-Tiemen. Trotzdem würde mich interessieren, warum ich meine Arbeit beenden soll.«

Sie verstaute ihren silbernen Markenkugelschreiber in der Handtasche. »Das will ich Ihnen sagen: Ich habe nicht damit gerechnet, daß Sie meine Eltern belästigen.«

»Ich muß das Umfeld Ihrer Schwester abklären. Das gehört zur normalen Detektivarbeit.«

»Mag sein, daß das für Sie normal ist. Ich nenne es unsensibel. Meine Mutter hat sehr unter dem Tod meiner Schwester gelitten. Durch Ihren Besuch haben Sie sie völlig verstört. Seitdem liegt sie im Bett und will mit niemandem reden. Wie Sie sich vorstellen können, ist mein Vater darüber ziemlich aufgebracht.«

Ich schwieg. Was war anderes von einem Tag zu erwarten, der mit einer Katastrophe begonnen hatte?

»Aber ich mache Ihnen keine Vorwürfe.« Anscheinend entging ihr der Widerspruch. »Es war mein Fehler. Ich hätte meinen Vater vorher informieren sollen.«

»Schade«, sagte ich. »Ich habe den Therapeuten, der Corinna hypnotisiert hat, bereits ausfindig gemacht.«

In ihren Augen flackerte Interesse auf. Sofort rief sie sich zur Ordnung. »Ich will den Namen nicht wissen.«

»Ihnen stehen noch drei Tage meiner Arbeitszeit zu. Ich könnte versuchen, ihm das Handwerk zu legen.«

»Nein.«

»Ihre Schwester war nicht die einzige, die zu ihm gegangen ist.«

»Jeder ist für sich selbst verantwortlich. Ich bin keine Samariterin, Herr Wilsberg. Legen Sie ihm das Handwerk, falls Sie nicht wissen, was Sie mit Ihrer Zeit anfangen sollen. Aber berufen Sie sich nicht auf mich.«

Sie stand auf, und ich brachte sie zur Tür. Ihre Kleidung war tadellos und genauso teuer wie das Parfüm, nach dem sie roch.

»Vielen Dank für den Scheck, Frau Lahrmann-Tiemen.«

Sie drehte sich nicht um. Eine Klassefrau.

Mir war nicht danach, weiter in die Kaffeetasse zu starren. Ich brauchte auch keine Gespräche, die ähnlich distanziert verliefen wie die diplomatischen Kontakte zwischen dem Irak und den USA. Ich mußte mit jemandem reden.

Sie meldete sich nach dem dritten Klingeln. Ich sagte: »Franka, du brauchst doch einen Job. Ich meine, ich habe ... Es gibt jetzt so viel zu regeln, und da dachte ich ...«

»Was ist los, Georg?« fragte sie besorgt. »Du bist ja völlig neben der Spur.«

»Koslowski ist tot.«

»Was?«

»Erschossen, heute nacht, in den Rieselfeldern.«

»Ich komm vorbei, ist dir das recht?«

»Das ist lieb von dir«, sagte ich.

Franka nahm mich in den Arm, und ich drückte mein Gesicht in ihr verfilztes, nach Spray stinkendes Haar. Beinahe hätte ich geheult.

»Willst du mir alles erzählen?«

»Ja.« Ich wischte mir verstohlen über die Augen. »Wir gehen in meine Wohnung. Das Geschäft ist heute geschlossen.«

Und ich erzählte ihr alles. Über Christoph Wallhorst und Hubert Disselbeck, *Interwork Company* und den geheimnisvollen Mann aus Brüssel, über die Außerirdischen, Peter Hofknecht, den Hypnotiseur und die Familie Lahrmann. Nur die nächtlichen Telefongespräche mit der anonymen Frau ließ ich aus. Franka stellte ab und zu Zwischenfragen und hörte konzentriert zu.

Als ich fertig war, blieb es eine Weile still.

Schließlich sagte Franka: »Warum bist du so sicher, daß Koslowski von dem Mann aus Brüssel umgebracht wurde?«

»Von ihm oder von einem seiner Leibwächter.«

»Und wenn es mit dem anderen Fall zusammenhängt?«

Ich lächelte halbherzig. »Du meinst, Koslowski hat die Landung eines UFOs in den Rieselfeldern beobachtet, und dann haben ihn die kleinen, grauen Männchen kaltgemacht, weil sie Zeugen nicht ausstehen können.«

»Nein, Georg, es waren die Klingonen, die alten Feinde der Föderation. Denk doch mal nach!«

»Denken ist nicht meine Stärke.«

»Koslowski hat dir geholfen, Hofknecht einzuschüchtern, richtig?«

»Stimmt«, gab ich zu. »Aber Hofknecht ist nicht der Typ, der mit einer Pistole herumrennt.«

»Und am nächsten Tag taucht diese Lahrmann-Tiemen auf, drückt dir einen Scheck in die Hand und sagt: Befehl zurück, Auftrag beendet.«

»Weil ihre Eltern ausgerastet sind.«

»Oder weil man sie unter Druck gesetzt hat.«

»Du spinnst, Franka«, sagte ich gutmütig. »Jetzt siehst du auch schon Gespenster.«

»He! Du hast die Kohle von dieser Schnepfe kassiert. Also kannst du es dir leisten, ein paar Tage zu investieren. Tu's für Koslowski!«

»Die Polizei kümmert sich darum. Stürzenbecher ist Fachmann auf dem Gebiet.«

»Hast du ihm von den Außerirdischen erzählt?«

»Nein, ich möchte nicht, daß er mich ins LKH einweist.«

»Dann müssen *wir* uns darum kümmern, Angernagel und seinen Verein hochzunehmen.«

»Wir?«

»Ja, du und ich, im Plural wir. Altmodisch könnte man uns als Team bezeichnen. Immerhin habe ich den größten Teil der Nacht damit verbracht, die Doktorarbeit von Corinna Lahrmann zu lesen. Ich nehme an, es interessiert dich brennend zu erfahren, was drinsteht?«

Die Doktorabeit. Die hatte ich völlig vergessen.

»Oh ja«, stöhnte ich. »Schieß los!«

Sie setzte sich in Positur. Franka, die Wissenschaftlerin. »Also, erstmal ist der Text nicht vollständig. Es fehlen einige Kapitel, die sie noch schreiben wollte. Von dem, was vorhanden ist, lesen sich zwei Drittel wie eine ganz normale wissenschaftliche Arbeit. Soweit ich das beurteilen kann, ich bin ja erst im ersten Semester.«

Ich nickte aufmunternd.

»Es geht um Ausgrabungen in Qumran, eine Siedlung der Essener am Toten Meer. Die Essener haben dort von etwa 100 vor Christi bis 70 nach Christi gelebt. Dann sind sie von den Römern gekillt worden. Wußtest du, daß die Bezeichnung Essener von dem aramäischen Wort *essén* kommt, das ebenso wie seine hebräische Entsprechung *chasidim* ›die Frommen‹ bedeutet?«

»Nein«, bekannte ich. »Da habe ich eine Bildungslükke.«

»Im übrigen ist der Orden der Essener vom Lehrer der Gerechtigkeit gegründet worden, ein ziemlich heißer Typ, der sich mit dem judäischen König Jonatan angelegt hat. Das heißt, ursprünglich war der Lehrer der Gerechtigkeit selbst Hoherpriester am Tempel von Jerusalem, bevor er vom Makkabäer Jonatan verjagt wurde. Im Exil hat der Lehrer der Gerechtigkeit dann die essenische Union gegründet, ein Verein von Frommen, die den ganzen Tag gebetet, gelesen und an Schriftrollen geschrieben haben. Der Lehrer der Gerechtigkeit war echt sauer auf Jonatan und hat ihn aufgefordert, zurückzutreten. Die Antwort von Jonatan war ein Attentatsversuch.«

»Franka«, sagte ich sanft. »Ich bin heute nicht in der Stimmung für einen Volkshochschulkurs.«

»Na ja, ich muß dir doch sagen, worum's geht, sonst verstehst du das andere nicht.«

Ich ergab mich in mein Schicksal.

»Das eigentlich Interessante an Qumran sind die Schriftrollen. Als es mit den Essenern zu Ende ging, während des Krieges mit den Römern, haben sie die Schriftrollen in Höhlen versteckt. Die ersten Rollen tauchten in den vierziger Jahren unseres Jahrhunderts wieder auf, Beduinen hatten sie in einer Höhle gefunden. Nach und nach wurden noch mehr Höhlen entdeckt. Insgesamt gibt es jetzt 900 Rollen und Dokumente, das meiste allerdings vermodert. In Puzzletechnik hat man die lesbaren Fetzen zusammengesetzt, ein Teil ist bis heute noch nicht veröffentlicht. Und daran ranken sich nun die wildesten Spekulationen. Einige Forscher behaupten, daß Jesus ein Essener gewesen sei und daß die Schriftrollen das beweisen würden. Nach der Kreuzigung, die er überlebt habe, sei er mit seinen Kindern nach Südfrankreich oder Indien gezogen, wo er bis ins hohe Alter ein friedliches und zurückgezogenes Leben geführt habe. Da das der katholischen Kirche nicht in den Kram passe, habe sie die Veröffentlichung der Texte unterdrückt oder zensiert. Einige Mitglieder des ursprünglich siebenköpfigen Editorenteams waren römisch-katholische Priester.«

»Und was meint Corinna?« versuchte ich Frankas ausschweifenden Erzähldrang zu stoppen.

»Nun, wie gesagt, im ersten Teil ihrer Arbeit argumentiert sie recht vernünftig. Sie beschäftigt sich mit dem Stand der Ausgrabungen, der Zweckbestimmung der Gebäude, dem Zustand der Schriftrollen und ihrer Restauration. Hier habe ich das meiste nur überflogen. Dann geht sie auf einige Inhalte der Schriftrollen ein. Ihrer Meinung nach kann Jesus kein Essener gewesen sein. Die eigenen Texte der Essener, wie die Zwei-Geister-Lehre, würden auf ältere jüdische Überlieferungen zurückgreifen.«

Ich widerstand der Versuchung zu fragen, was sich hinter der Zwei-Geister-Lehre verbarg.

»Außerdem hatten die Essener ausgerechnet, daß der Messias erst um 70 nach Christus auftreten würde. Also konnte Jesus unmöglich ihr Mann sein. Soweit der erste Teil.« Franka machte eine Pause, um die Spannung zu steigern. »Dann gibt es in der Arbeit einen Bruch. Plötzlich schreibt Corinna in einem ganz anderen Stil. Man hat Mühe zu glauben, daß beide Teile von ein- und derselben Person stammen. Irgend etwas scheint in ihrem Leben passiert zu sein.«

»Vermutlich war das der Zeitpunkt, als die Entführungen durch die Außerirdischen anfingen«, warf ich ein.

»Wahrscheinlich. Sie versucht nur noch zu beweisen, daß Jesus ein Außerirdischer war oder zumindest mit ihnen in Kontakt stand. Dazu durchforstet sie das gesamte Alte Testament nach Stellen, die irgendwie auf UFOs schließen lassen. Zum Beispiel ist der Prophet Elija am Ostufer des Jordans in einen *feurigen Wagen mit feurigen Pferden* gestiegen und, ohne gestorben zu sein, *im Wirbelsturm zum Himmel emporgefahren*. Für Corinna ist das natürlich der Start eines Raumschiffs. Übrigens hat später an derselben Stelle Johannes der Täufer die Leute mit Jordanwasser getauft. Du weißt schon, das ist der Typ, der sich in einen Kamelhaarmantel geschmissen und sich von gebratenen Heuschrecken und Wildhonig ernährt hat. Bei der Gelegenheit habe ich erfahren, daß in Olivenöl gebratene Heuschrecken angeblich wie Pommes frites schmecken.«

»Franka, bitte!« sagte ich. »Mir ist schon schlecht.«

»Entschuldigung«, sagte sie eingeschnappt. »Ist mir so rausgerutscht. Als Veganerin lehne ich es selbstverständlich ab, Insekten zu grillen.«

Mein Magen knurrte. Tatsächlich hatte ich seit längerer Zeit nichts mehr gegessen. Vielleicht war mir deswegen so schlecht.

»Na ja, das ist auch schon alles«, fuhr Franka fort. »Ich kann mir vorstellen, daß Frankas Professor über den zweiten Teil nicht erbaut war. Er wird ihr deswegen ziemlichen Streß gemacht haben.«

Ich nickte. »Danke. Du hast dir wirklich viel Mühe gegeben. Auch wenn ich im Moment nicht weiß, wie uns das weiterbringt.«

»Der Therapeut ist der Schlüssel zu allem«, beharrte Franka. »Was hältst du davon, wenn ich ihn anrufe und um eine Hypnosestunde bitte?«

»Gar nichts«, sagte ich schroff. »Ich kann nicht verantworten, daß du dich in Gefahr begibst.«

»Ich mag nicht, wenn du den Väterlichen raushängen läßt«, tat sie gekränkt. »Was heißt hier Gefahr? Ich glaube nicht an UFOs oder Außerirdische.«

»Ende der Diskussion«, entschied ich. »Ich möchte nichts mehr davon hören.«

Sie streckte einen langen, blaulackierten Fingernagel aus. »Du hast mich angerufen und gesagt, daß du Hilfe brauchst.«

»Dabei dachte ich nicht daran, daß du dich auf die Couch eines zwielichtigen Therapeuten legst.«

»Und woran *hast* du gedacht?«

Ich holte tief Luft. »Koslowski hatte keine Verwandten, abgesehen von einer Schwester in Argentinien, die es nicht für nötig hält, aus der Pampa herüberzufliegen. Ich muß einige Sachen regeln, die mir schwer an die Nieren gehen, Koslowskis Wohnung auflösen, mich um die Beerdigung kümmern. Wenn du mir dabei helfen würdest, wäre ich dir echt dankbar.«

Die Punk-Lady schluckte. »Verdammt, Georg, das ist ja mies. Ich hab ein paar Seminare an der Uni, ansonsten kannst du mich voll einplanen.«

»Angernagel nehmen wir uns später vor.«

»Sicher. Wo hat Koslowski denn gewohnt?«

»In der Goldstraße.«

Sie schaute auf ihre Plastikarmbanduhr. »Jetzt hätte ich Zeit. Sollen wir rüberfahren und uns die Bude angucken?«

Ich stand auf. »Aber vorher muß ich etwas essen. Sonst sterbe ich an Entkräftung.«

In der Küche schmierte ich mir zwei Brote. Das erste vertilgte ich auf der Stelle, mit dem zweiten machte ich mich auf die Suche nach Franka. Ich fand sie im Büro, in ein Telefongespräch vertieft. Als ich hörte, was sie sagte, fiel mir fast der Käse von der Schnitte.

»... und manchmal bin ich Petra, ein kleines Mädchen, das mit Puppen spielt. Das kann sich ganz plötzlich ändern. Vorher war ich Angel, die Lackklamotten trägt und Männer aufreißt, und im nächsten Moment sitze ich vor meiner Puppenstube und kämme die Haare meiner Puppen.«

Ich bekam einen steifen Hals. »Was zum Teufel ...«

Franka wedelte heftig mit der freien Hand und schnitt eine Grimasse. »Das macht mir Angst, verstehen Sie«, flötete sie in den Hörer. »Diese vielen Ichs, die in mir stecken.« Sie bekam eine tiefe Stimme. »Da ist noch Gudrun, eine alte, weise Frau ...«

Und so ging es eine Zeitlang weiter. Insgesamt zählte ich sieben verschiedene Persönlichkeiten, die in Franka steckten.

Ihr Gesprächspartner schien beeindruckt. Am Ende sagte sie mit ihrer normalen Stimme: »Ja, heute nachmittag ist mir recht. Um sechzehn Uhr, zu einer Vorbesprechung, alles klar.« Dann legte sie auf.

»Angernagel«, fauchte ich.

Franka grinste. »Multiple Persönlichkeit, eine Psycho-Erscheinung, die schwer in Mode ist. Ich bin mal gespannt, ob er mir erzählt, daß die Außerirdischen dran schuld sind.«

»Ich dachte, ich hätte mich vorhin deutlich genug ausgedrückt.«

»Georg«, sagte sie mit ihrem wunderbar kleinen Schmollmund, »ich bin neunzehn und damit volljährig. Ich kann tun und lassen, was ich will. Es wäre schön, wenn du mich zu Angernagel begleiten und vor dem Haus warten würdest. Andernfalls ziehe ich es alleine durch.«

»Du bist eine verbockte, unreife Trotzköpfin.«

»Und du ein einfallsloser, in Routine erstarrter Schnüffler.«

Jedenfalls war meine Autorität gleich Null.

»So«, sagte sie schnippisch, »können wir jetzt endlich zu Koslowskis Wohnung fahren?«

Ich hatte schon den Autoschlüssel in der Hand und strebte zu meinem am Straßenrand geparkten Italiener, als Franka mich aufhielt. »Hast du kein Fahrrad?«

»Natürlich habe ich ein Fahrrad. Jeder Münsteraner besitzt ein Fahrrad.«

»Dann laß uns Fahrrad fahren. Es ist ja nicht weit bis zur Goldstraße.«

Also schwangen wir uns auf unsere Räder. Anscheinend hatte eine neunzehnjährige Veganerin das Kommando beim Detektivbüro *Wilsberg & Partner* übernommen. Wenn alles vorüber und ich mal wieder ausgeschlafen war, würde ich mir überlegen müssen, wie ich damit umging.

Tatsächlich war es gar keine so schlechte Idee, durch die milde Herbstluft zu radeln. Wir nahmen den Fahrradschnellweg, die Promenade, kamen an der rotgeziegelten und stacheldrahtbewehrten Trutzburg der Justizvollzugsanstalt vorbei, und in weniger als zehn Minuten erreichten wir die Goldstraße, die sich an der rückwärtigen Seite des Gefängnisses erstreckte. Vierrädrig und motorisiert hätte es vermutlich länger gedauert.

Mit Koslowskis Schlüssel, den mir Stürzenbecher übergeben hatte, öffnete ich die Wohnungstür. Die Leute von der Spurensicherung hatten sich bemüht, alles an seinen Platz zurückzulegen. Die Wohnung sah so aus, als hätte ihr Bewohner sie gerade erst verlassen. Sie war klein, sauber und atmete die einsame Sterilität eines langjährigen Junggesellendaseins. Vom Schlafzimmerfenster aus überblickte man den Gefängnisinnenhof. Keine angenehme Wohnlage für Leute, die mit dem Gesetz in Konflikt kamen.

Franka betrachtete skeptisch die Inneneinrichtung.

»Du kannst dir nehmen, was du willst, und den Rest verkaufen oder auf den Sperrmüll stellen«, schlug ich vor. »Der Erlös gehört dir. Mir wäre es am liebsten, wenn ich nichts damit zu tun hätte.«

Sie runzelte die Stirn. »Das meiste ist Schrott, aber ...«

»Was?«

»Ich stelle mir die Wohnung leergeräumt vor. Dann ist sie besser als das Loch, in dem Mark-Stefan und ich hausen. Glaubst du, der Hausbesitzer akzeptiert uns als Nachmieter?«

Ich lächelte gönnerhaft. »Wenn ich ein gutes Wort für euch einlege.«

»Oh Georg.« Die rabiate Punkerin verwandelte sich in ein schutzbedürftiges Mädchen. »Das machst du doch für uns, nicht wahr?«

»Wer entscheidet in Zukunft, wie die Ermittlungen zu führen sind?«

»Du. Nur du allein.«

VII

Mit klopfendem Herzen wartete ich darauf, daß Franka wieder herauskam. Sie war nun schon eine halbe Stunde bei Angernagel, und langsam fing ich an, mir Sorgen zu machen.

Kurz darauf hüpfte sie, ein breites Grinsen im Gesicht, den Bürgersteig entlang. Onkel Georg hatte sein Adrenalin völlig unnütz ausgeschüttet.

Ich setzte ein gelangweiltes Gesicht auf und spielte den Profi.

»Oh«, Franka plumpste auf den Beifahrersitz, »ist das aufregend.«

»Wie war's?« knurrte ich frostig.

»Angernagel ist gar nicht so übel.«

»He, he, he«, machte ich.

»Reg dich ab!« lachte meine detektivische Hilfskraft. »Auf den ersten Eindruck, meine ich. Ich bin nicht so naiv, darauf hereinzufallen. Aber ich dachte, daß er irgendwie finsterer und okkulter aussieht. Eben wie ein Spinner, der an UFOs und böse Außerirdische glaubt. Dabei ist er ein ganz netter Mann, etwa in deinem Alter.«

»Das besagt doch überhaupt nichts«, maulte ich.

»Und er kann zuhören. Ich mag Männer, die mir nicht widersprechen.«

»Ich weiß«, sagte ich. »Hat er dir deine Geschichte von der multiplen Persönlichkeit abgekauft?«

»Zumindest hat er nichts Gegenteiliges verlauten lassen. Er hat mich die ganze Zeit freundlich angeguckt und ab und zu ›hmm, hmm‹ gemacht.«

»Ekelhaft.« Ich drehte den Zündschlüssel. Der Motor

sprang an, und ich lenkte meinen Schlitten auf die Landstraße zurück nach Münster.

»Am Freitag soll ich wiederkommen. Dann will er mich hypnotisieren.«

»Auf gar keinen Fall«, fuhr ich hoch. »Du hast deinen Spaß gehabt, und jetzt ist die Sache vorbei.«

»Georg«, schnurrte sie. »Wenn wir jetzt aufhören, war die Aktion vollkommen sinnlos. Angernagel hat kein Wort über die Außerirdischen verloren. Ohne mich auf seine Masche einzulassen, kann ich nicht herausfinden, ob er für den Selbstmord von Corinna Lahrmann verantwortlich ist oder hinter dem Mord an Koslowski steckt.«

»Und was ist, wenn er durch die Hypnose herausfindet, warum du tatsächlich bei ihm bist?«

»Dann weiß er auch, daß er unter Verdacht steht, und wird es nicht wagen, sich an mir zu vergreifen.«

»Versetz dich mal in meine Lage, Franka!« flehte ich. »Für Koslowskis Tod fühle ich mich zumindest teilweise verantwortlich, weil ich mich nicht genügend um seinen Fall gekümmert habe. Sollte dir jetzt auch noch etwas zustoßen, wäre mein Leben endgültig versaut.«

»Du bist ein bißchen nervös«, kommentierte Franka sachlich. »Das verstehe ich. Aber mir wird nichts passieren. Mit dir als Retter in der Not schon gar nicht. Wer jedes Risiko vermeiden will, kann sich gleich begraben lassen.« Lebensweisheiten einer Neunzehnjährigen.

Ich setzte Franka vor ihrer Wohnung ab und fuhr nach Hause. Langsam machte sich bemerkbar, daß ich in den letzten zwei Tagen nur eine Stunde geschlafen hatte. Außerdem war so viel geschehen, daß auch ein frischerer Geist als meiner Schwierigkeiten gehabt hätte, alles richtig zu ordnen und glasklare Schlüsse zu ziehen. Also verschob ich das Nachdenken auf später und genoß die Müdigkeit. Wie ein Taucher am Meeresgrund tappte ich mit benebeltem Kopf durch die leere Zimmerflucht, in der ich zukünftig alleine leben und arbeiten würde.

Eigentlich wollte ich nur noch ins Bett, doch zwei Dinge hielten mich davon ab: Erstens mußte ich meinen Magen mit etwas Warmem füllen, damit er aufhörte zu knurren. Und zweitens erwartete ich den allabendlichen Anruf der anonymen Frau. An die Gespräche mit ihr hatte ich mich bereits gewöhnt, sie waren ein Kontakt zur Außenwelt geworden, den ich gerade heute nicht missen mochte.

In der Küche öffnete ich eine Dose *Feuerzauber Texas*, der hauptsächlich aus roten Bohnen und scharfem Gewürz bestand, kippte den Inhalt in einen Topf, rührte ein paarmal um, und fünf Minuten später stand das dampfende Abendessen auf dem Tisch. Was für ein Fortschritt der Zivilisation. In der mittleren Steinzeit hätte ich erst noch durch die Wildnis streifen und mir ein Wildschwein schießen müssen.

Die Bohnen waren mehlig, und das Gewürz betäubte jeden ernstzunehmenden Geschmack. Aber auch Wildschweine konnten manchmal recht zäh sein.

Nachdem ich mir den Bauch vollgeschlagen hatte, wankte ich zum Wohnzimmer hinüber. Um mich wachzuhalten, schaltete ich den Fernseher ein und zappte durch die Kanäle. In Schweden war ein Mercedes der A-Klasse umgefallen, und am Golf drohte ein neuer Krieg auszubrechen. Der umgekippte Mercedes schien das ungleich wichtigere Ereignis zu sein.

Ein stechender Schmerz im Hinterkopf weckte mich. Kein Wunder bei der verrenkten Stellung, in der ich auf dem Sofa eingeschlafen war. Ich brauchte ein paar Minuten, um mir den Nacken zu massieren und meine

Glieder zu sortieren, dann war ich immerhin in der Lage aufzustehen. Mein geschundener Körper schleppte sich zum Büro. Der Anrufbeantworter blinkte grün und monoton. Ich spulte die Kassette zurück und lauschte der Nachricht. Sie bestand aus dem Geräusch, das ein Telefonhörer macht, wenn er auf eine Gabel trifft. Ich war sicher, daß Frau Schmidt versucht hatte, mich zu erreichen. Und wer war nicht zur Stelle? Der Meisterdetektiv.

Am nächsten Morgen fühlte ich mich einigermaßen fit für den täglichen Überlebenskampf. Mein erster Weg führte mich ins Polizeipräsidium. Hauptkommissar Stürzenbecher war in einer Besprechung, und so gab ich mich dem Auf-dem-Flur-sitzen-Gefühl hin, das auf der negativen Gefühlsskala gleich hinter dem Im-Wartezimmer-sitzen-Gefühl kommt.

Eine halbe Stunde später erschien ein fahrig und unkonzentriert wirkender Stürzenbecher, der mich in sein Büro schob.

»Ich habe nicht viel Zeit«, eröffnete er das Gespräch. »Besprechungen, Pressekonferenzen, der übliche Mist, der einen von der Arbeit abhält. Setz dich doch!«

Wir setzten uns.

»In aller Kürze: Der entscheidende Durchbruch ist uns noch nicht gelungen.« Er schaute auf seine Armbanduhr und brüllte über die Schulter: »Die nächsten zehn Minuten keine Telefongespräche.«

»Auch nicht der Oberstaatsanwalt?« brüllte eine weibliche Stimme zurück.

»Für den Oberstaatsanwalt bin ich auf dem Klo.« Stürzenbecher kniff die Augen zusammen und fixierte mich. »Europol hat nichts über diese *Interwork Company*. Es scheint sich um eine reine Briefkastenfirma zu handeln.«

»Und was ist mit dem Bankkonto?« hakte ich sofort nach. »*Folge der Spur des Geldes!* wie es so schön heißt.«

Der Hauptkommissar rieb die Tränensäcke unter seinen Augen. »Na klar. Ich habe die belgische Polizei um Amtshilfe gebeten. Das Konto ist von einem deutschen Staatsbürger namens Norbert Schliemann eröffnet worden. Die Dokumente, die er dazu vorgelegt hat, sind eindeutig gefälscht. In Deutschland gibt es keinen Schliemann, auf den die Daten passen. Ich habe veranlaßt, daß ein internationaler Haftbefehl rausgeht, obwohl die Sache reichlich dünn ist. Im Moment können wir ihm nur Paßfälschung und Steuerhinterziehung vorwerfen.«

»Es sind Erpressungsgelder«, warf ich ein.

Stürzenbecher winkte ab. »Schön. Du weißt es und ich weiß es. Aber für ein Ermittlungsverfahren brauche ich eine Strafanzeige. Wir versuchen zur Zeit, aus den Subunternehmern, die für *Disselbeck & Wallhorst* arbeiten, eine Anzeige herauszukitzeln. Die haben Angst, nackte Angst. Verständlicherweise, denn Koslowskis Tod hat sich blitzschnell herumgesprochen, und jetzt zählen sie eins und eins zusammen.«

»Was macht Schliemann mit dem Geld?« fragte ich.

Der Hauptkommissar saugte an seinen Zähnen. »Du hast nicht zufällig Zigaretten dabei?«

»Hast du wieder mit dem Rauchen angefangen?«

»Eigentlich nicht, ich schnorre nur gelegentlich eine.«

Ich bot ihm meine Zigarillos an, bediente mich selbst und gab uns beiden Feuer.

Nach dem ersten Zug bekam Stürzenbecher einen Hustenanfall. »Igitt«, spuckte er mit rotem Kopf. »Was ist das für ein Zeug?«

»Man raucht Zigarillos nicht auf Lunge«, mahnte ich. »Man pafft sie. So.« Ich blies einen kunstvollen Rauchring zur Decke.

Stürzenbecher betrachtete skeptisch den braunen Stengel in seiner Hand. Er probierte einen zweiten Zug, mit dem gleichen Erfolg wie beim ersten. Entschlossen zerquetschte er den Verursacher seiner Atemnot im Aschenbecher.

Stirnrunzelnd verfolgte ich das schnelle Ende meines kostbaren Rauchwerks.

»Schliemann«, erinnerte sich der Hauptkommissar. »Er ist ein Profi. Er benutzt die Bank in Brüssel nur als Durchgangsstation. Von dort aus geht das Geld in verschiedene Länder, eine Bank in London, eine Bank in Luxemburg, andere Namen, andere Firmen. Ich schätze, wir sind monatelang damit beschäftigt, das Spinnennetz aufzudröseln, und am Ende verliert sich die Spur im Nichts.« Er schaute mich nachdenklich an. »Und dabei sind die Verdachtsmomente gegen Schliemann, oder wie immer er heißt, nicht einmal besonders kräftig. Wir können nicht beweisen, daß er vorgestern abend in Münster war. Und wir haben erst recht keine Beweise, die ihn mit dem Mord an Koslowski in Zusammenhang bringen.«

Ich dachte wieder an Peter Hofknecht und die Außerirdischen.

»Schwager Willi stützt Wallhorsts Geschichte«, fuhr Stürzenbecher fort. »In Koslowskis Wagen haben wir keine frischen Fingerabdrücke gefunden. Andere Augenzeugen haben sich nicht gemeldet. Es ist wie verhext.« Er unterdrückte ein Gähnen. »Vielleicht sind wir auf der falschen Fährte. Möglicherweise müssen wir den Mörder ganz woanders suchen.«

Ich schüttelte den Kopf. »Aber wer ...«

»Angenommen, rein hypothetisch, Wallhorst sagt die Wahrheit und ist tatsächlich mit seinem Schwager im Stadion gewesen. Koslowski zieht frustriert wieder ab. Auf dem Rückweg nimmt er einen Anhalter mit.«

»Das ist nicht der Koslowski, den ich kenne.«

»Wie gut kennt man einen anderen Menschen?«

Ich zuckte die Achseln. »Welches Motiv sollte der Anhalter haben? Koslowskis Geld steckte noch in der Hosentasche.«

»Du glaubst gar nicht, aus welch nichtigen Anlässen Menschen sich gegenseitig umbringen. Manchmal reicht eine falsche Bemerkung, ein böses Wort. Sie sind in Streit geraten, der Typ zieht eine Pistole aus der Tasche und lotst Koslowski in die Rieselfelder. Himmel, der Typ könnte unter Drogen gestanden haben, oder er ist schlicht ein Psychopath.«

»Und warum hat er die Kassette aus dem Aufnahmegerät mitgehen lassen?«

»Ja, wieso lagen im Auto keine Kassetten? Das ist der einzige Punkt, der Schliemann und Wallhorst belastet. Falls es Koslowski gelungen ist, das Gespräch der beiden aufzunehmen, ist die Kassette wertvoll. Und dann haben wir unser Motiv.«

»Der Oberstaatsanwalt zum zweiten Mal«, rief die Frau aus dem Nebenzimmer.

»Okay, stell ihn durch!«

Ich stand auf.

»Ach, noch was«, sagte Stürzenbecher. Das Telefon auf seinem Schreibtisch klingelte. »Du kannst Koslowskis Auto mitnehmen. Und die gerichtsmedizinische Untersuchung ist ebenfalls abgeschlossen, das heißt, die Leiche ist freigegeben.« Er nahm den Hörer ab. »Herr Oberstaatsanwalt, ich wollte Sie gerade anrufen.«

Da ich die wenigen hundert Meter von meiner Wohnung zum Polizeipräsidium zu Fuß zurückgelegt hatte, fragte ich mich gleich zur Werkstatt der kriminaltechnischen Abteilung durch, unterschrieb eine Quittung und setzte mich hinter das Lenkrad von Koslowskis Ford.

An der Verkleidung der Fahrertür klebte noch Blut. Während der Rückfahrt rückte ich instinktiv ein bißchen in die Mitte.

Den Rest des Tages verbrachte ich mit undankbaren Aufgaben. Zuerst beauftragte ich ein Beerdigungsinstitut und mußte mich für ein Urnenmodell entscheiden. Dann wurde ich von der Frage überrascht, welcher Konfession Koslowski angehört habe. Dummerweise hatten wir nie über Glaubensfragen diskutiert. So blieb mir nichts anderes übrig, als Koslowskis Wohnung nach persönlichen Unterlagen zu durchsuchen. Dabei stellte ich fest, daß er nicht nur protestantisch gewesen war, sondern auch brav Kirchensteuern gezahlt hatte. Die Gelegenheit nutzend, notierte ich mir auch gleich den Namen und die Telefonnummer der Hausbesitzerin.

Wieder im Büro angekommen, regelte ich telefonisch mit dem Beerdigungsinstitut die letzten offenen Fragen. Dann meldete ich mich bei Frau Schattschneider, um ihr mitzuteilen, daß ihr Mieter Hjalmar Koslowski in der vorletzten Nacht verstorben sei. Sie hatte es schon in der Zeitung gelesen und zeigte sich nur mäßig bestürzt. Umso erfreuter reagierte sie auf die Botschaft, daß ich bereits Nachmieter für die Wohnung gefunden hätte. Weniger erfreut war sie über das Alter ihrer neuen Mieter.

Etwas Überzeugungsarbeit schien notwendig, und so erzählte ich Frau Schattschneider, daß Franka meine Nichte sei und ich mich dafür verbürgen würde, daß die beiden aus der Wohnung weder eine Haschhöhle noch eine Disco machen würden. Schließlich obsiegte die Aussicht, auf keine Monatsmiete verzichten zu müssen und nicht einmal Streß mit der Mietersuche zu haben.

Franka und ihr Freund Mark-Stefan kamen vorbei, um sich nach der Wohnung zu erkundigen. Als ich von dem erfolgreichen Gespräch mit Frau Schattschneider berichtete, vollführten sie einen spontanen Freudentanz, den ich mit dem milden Lächeln eines sittlich gereiften Menschen verfolgte, dem die Rolle des Glücksbringers vollauf genügt. Endgültig komplett wurden die vorgezogenen Weihnachten, als ich ihnen Koslowskis Ford für einige Wochen lieh, damit sie ihr weniges Hab und Gut problemloser hin- und herkutschieren konnten. Die einzige Bedingung, die ich ihnen auferlegte, war eine gründliche Reinigung des Wageninnenraums.

Dann war endlich alles geregelt, besprochen und unterschrieben, und ich fühlte mich müder als nach einem normalen Arbeitstag. Eine kurze Inspektion des Kühlschranks und der Schränke erbrachte die negative Erkenntnis, daß alle Tiefkühlkost- und Fertiggerichte aufgebraucht waren. Also pilgerte ich zum Supermarkt des Viertels, über den ein berühmter, lokaler Romancier einen ganzen Roman geschrieben hatte, worauf ihm der Verein der Kaufmannschaft prompt den Titel *Philosoph des Einzelhandels* verliehen hatte.

Später machte ich mir Nudeln mit Pesto, aß zum Dessert einen Milchreis mit Vanillegeschmack und hatte von da an nichts anderes zu tun, als auf den Anruf meiner anonymen Telefonbekanntschaft zu warten.

Nach dem ersten Klingeln hatte ich den Hörer in der Hand.

»Wie geht es Ihnen?« Ihre Stimme zitterte.

»Nicht besonders. Und Ihnen?«

»Schrecklich. Wo waren Sie gestern abend?«

»Hier. Ich habe geschlafen. In der Nacht davor bin ich nicht ins Bett gekommen.«

Wir schwiegen.

»Wer beichtet zuerst?« fragte ich.

»Sie.«

Ich seufzte. »Na schön. Mein Partner ist ermordet worden.«

Sie machte ein kehliges Geräusch und ließ den Hörer fallen.

»Hören Sie mich?«

»Ja, ich bin da.« Das Zittern wurde stärker.

Ich betonte jedes einzelne Wort: »Es waren nicht die Außerirdischen. Sein Tod hat nichts mit Corinna Lahrmann und den Entführungen zu tun.«

»Sind Sie sicher?«

»Vollkommen.« Und ich erzählte ihr von Koslowskis Ermittlungen im Baugewerbe und dem Verdacht, daß die russische Mafia ihre Hände im Spiel hatte.

Sie war nicht überzeugt: »Hat Ihr Partner Sie nie begleitet, als Sie wegen Corinna unterwegs waren?«

Ich überlegte eine Sekunde zu lange.

»Also doch.«

»Einmal war er dabei«, gab ich zu. »Er hat mir geholfen, aus Peter Hofknecht, Corinnas Freund, ein paar Informationen herauszukitzeln.«

»Hofknecht.« Sie sprach den Namen aus, als handele es sich um eine verdorbene Süßspeise. »Das ist einer von Angernagels Jüngern.«

»Habe ich mir fast gedacht.« Ich versuchte, eine aufmunternde Tönung in meine Worte zu bringen: »Das waren meine Erlebnisse. Jetzt sind Sie dran!«

»Ich hatte heute Nasenbluten.«

Was sollte das nun wieder? »Aha.«

»Sie verstehen nicht, was das bedeutet. Ich bin letzte Nacht entführt worden, und dabei haben die Außerirdischen ...«, sie stockte, »... mir ein Implantat in die Nase eingesetzt.«

Ich bemühte mich, nicht ungläubig zu klingen. »Das haben Sie mitbekommen?«

»Ja, es war fürchterlich. Sie schieben ein Instrument in die Nasenhöhle, ganz weit hoch, bis zwischen die Augen.«

»Und warum tun sie das?«

»Ich weiß nicht. Vielleicht ist es ein Sender, mit dem sie mich besser orten können. Oder ein Meßgerät, mit dem sie Veränderungen im Inneren des Körpers messen.«

»Wieso lassen Sie das Ding nicht einfach von einem Hals-Nasen-Ohren-Arzt entfernen?«

»Es reagiert nicht auf Röntgenstrahlen«, sagte sie schnell. »Manchmal kommt es von alleine wieder heraus, wenn man sich kräftig schneuzt.«

Ich schwieg.

»Sie glauben mir nicht«, jammerte sie.

»Ich glaube Ihnen«, log ich.

Sie fing an zu weinen. »In der letzten Nacht war ich stundenlang dort oben. Sie haben ihre gesamten gräßlichen Experimente an mir durchgeführt. Und es gibt niemanden, der begreift, was sich da abspielt.«

»Bis auf Angernagel und seine Anhänger.«

»Zu denen gehe ich nicht mehr. Ich bin so allein, völlig allein.«

»Das liegt an Ihnen.« Unbewußt wurde ich lauter. »Wenn Sie kein Vertrauen zu mir haben, ist das Ihr Problem. Ich will Ihnen gerne helfen, aber Sie ziehen es ja vor, diese anonyme Masche abzuziehen.«

Schweigen in der Leitung. War ich zu weit gegangen?

»Gut. Ich bin bereit, mich mit Ihnen zu treffen.«

Was so ein kleiner Wutausbruch bewirken kann.

»Freut mich.« Und das meinte ich ehrlich. »Wann und wo?«

»Was halten Sie von morgen abend, um acht Uhr?«

»Sie haben Glück, morgen abend habe ich zufällig keine Verabredung.«

Sie lachte schüchtern. »Mit Kneipen kenne ich mich nicht aus.«

»Ich auch nicht mehr. Früher bin oft ins *Alcatraz* gegangen. Das ist in der Innenstadt.«

»Ich glaube, ich weiß, wo das ist. Dann bis morgen!«

»Halt! Wie erkenne ich Sie?«

»Ich erkenne Sie.«

VIII

Es kam mir so vor, als hätte ich die letzten Tage hauptsächlich mit Warten verbracht. Entweder saß ich zu Hause und wartete darauf, daß das Telefon klingelte, oder ich saß in Nienberge-Häger im Auto und wartete darauf, daß jemand aus dem Haus des sogenannten Psychotherapeuten Friedhelm Angernagel herauskam. Der Detektiv schob eine ruhige Kugel und ließ andere die Arbeit machen. Wen interessierte es schon, daß mir das Nichtstun auf den Geist ging und ich von Minute zu Minute nervöser wurde?

Es hätte mich auch nicht gewundert, wenn ein Polizeiwagen aufgetaucht wäre und streng dreinblickende, die rechten Hände auf ihren Pistolengriffen abstützende Polizeibeamte sich nach meinen Personalien erkundigt hätten. Die jungen Mütter, die ihre Kinderwagen an meinem Alfa Romeo vorbeischoben, betrachteten mich von Rundgang zu Rundgang mißtrauischer. Nienberge-Häger lag zwar am Rande der Welt, aber noch im Diesseits, und auch hier sah man Fernsehberichte über Sittlichkeitsverbrecher, die in Autos hockten und auf jugendliche Opfer warteten.

Und schließlich war Franka vor mehr als einer Stunde in Angernagels Haus verschwunden, und es wurde, verdammt noch mal, Zeit, daß ihr bunter Haarschopf zwischen den Obstbäumen aufleuchtete. Mark-Stefan und ich hatten gemeinsam versucht, sie von ihrem Vorhaben abzubringen, vergeblich. Es gab keinen Auftrag mehr, den Selbstmord von Corinna Lahrmann aufzuklären. Und der Verdacht, daß Angernagel hinter dem Mord an Koslowski steckte, war so treffsicher wie die

Ankündigung von Helmut Kohl, die Arbeitslosigkeit bis zum Jahr 2000 zu halbieren. Obwohl sie es nicht zugeben wollte, wurde Franka von der puren Abenteuerlust getrieben. Kaltlächelnd hatte sie unsere Einwände abgewimmelt und auf ihr Recht gepocht, sich auf die Hypnose-Couch von wem auch immer legen zu dürfen. Am Ende mußte ich mich zähneknirschend ins Unvermeidliche fügen und meine Rolle als wartende Reserve akzeptieren.

Allmählich steigerte sich die professionelle Unruhe zu Panikanfällen. Ich hielt es im Auto nicht mehr aus. Gerade wollte ich aussteigen, um Franka aus den Klauen des Außerirdischen-Freundes und UFO-Beraters zu befreien, als sich die Tür des weißen Hauses öffnete. Ein großer Mann mit kletschigen grauen Haaren und heller Strickjacke wurde sichtbar, der seine Hand ausstreckte. Franka erschien in der Türöffnung, ergriff die Hand, die beiden wechselten ein paar Worte, dann ging Franka weiter. Sie bewegte sich lethargisch, wie benommen. Ich bekam einen trockenen Mund.

Nach zwei unendlichen Minuten saß sie neben mir.

»Mit dir alles in Ordnung?« fragte ich beklommen.

»Georg«, sie drehte langsam den Kopf, ein entrücktes Lächeln umspielte ihre Lippen, »du ahnst nicht, was in der Welt vor sich geht.«

»Ach du Scheiße!« entfuhr es mir.

Sie grinste. »Reingelegt.«

»Mach das nie wieder mit mir!« fauchte ich. »Ich bin vor Sorge fast umgekommen.«

»Du bist süß.« Franka kniff mir in die Wange. »Hast du wirklich Angst gehabt?«

Ich legte den ersten Gang ein und ließ den Motor aufjaulen.

»Angst ist keine Schwäche, sondern ein Überlebensreflex«, belehrte ich sie. »Hätten unsere Vorfahren keine

Angst vor wilden Tieren gehabt, wäre die Menschheit längst ausgestorben.«

»So sterben die Tiere aus. Hast du schon wieder vergessen, daß die Menschen auch nur Tiere sind«, kommentierte die Veganerin.

»Halt mir keinen Vortrag über Tierrechte! Sag endlich, was Angernagel mit dir gemacht hat!«

»Puh!« Sie streckte die Beine aus. »Es war ganz schön heavy. Ich habe sie gesehen.«

»Wen?«

»Die Außerirdischen.«

»Verarsch mich nicht!« Ich warf ihr einen drohenden Blick zu.

»Nein, im Ernst. Ich bin in ihrem Raumschiff gewesen.«

Die Besorgnis kehrte zurück. »Wie bist du da hingekommen?«

»Zu Fuß jedenfalls nicht, ich lag die ganze Zeit auf der Couch. Schätze, Angernagel hat einige Tricks auf Lager, um sowas zu bewirken.«

»Wie sahen sie aus?«

»Na, wie Außerirdische eben so aussehen: kleine, putzige Biester mit birnenförmigen, zu groß geratenen Köpfen und Insektenaugen. Etwa sechs von denen haben mich herumgeführt. Die hingen an mir wie eine Horde Kinder an einer Kindergärtnerin. Als die Show anfing, befand ich mich in einer Art Warteraum; sah aus wie das Zwischendeck der Enterprise, alles Grau in Grau. Links und rechts von mir saßen andere Menschen, die starrten ins Leere, als wären sie nicht ganz da. Ich habe versucht, mit dem Typen rechts von mir zu reden, aber er hat nicht reagiert. Und dann kamen auch schon die Kleinen und haben mich in einen anderen Raum geführt. Es war ein kleineres Zimmer, nur mit einer Liege, so ähnlich wie beim Arzt, und etlichen Geräten, die ich nicht kannte. Die Kleinen haben mir geholfen, mich auszuziehen, dann sollte ich mich hinlegen.«

»Haben sie mit dir geredet?«

»Nein, es war einfach klar, was sie wollten. Komischerweise habe ich mich nicht geekelt, ich meine, die Kleinen wirkten vollkommen asexuell, sie haben mich nicht angegafft, so, wie tätowierte Macker einen im Schwimmbad angaffen. Eher fühlte ich mich wie ein Ding, eine Barbie-Puppe, die von niedlichen Kinderhänden ausgezogen und betatscht wird.«

»Und dann?«

»Wurde es langweilig. Ich lag einfach herum und fragte mich, was ich da sollte. Zum Spaß habe ich versucht, einen Arm anzuheben. Es ging nicht. Trotz aller Kraftanstrengung konnte ich den Arm keinen Zentimeter bewegen. Ich war wie festgenagelt. Aber immer noch vollkommen relaxed, wie unter Drogen, verstehst du, man nimmt es, wie es kommt, und macht sich keine Gedanken. Schließlich passierte doch noch was. Ein größeres Wesen kam herein. Die Kleinen wichen zurück, als hätten sie Angst vor dem Großen.«

»Hat das große Wesen etwas mit dir gemacht?«

»Nicht viel. Es hat sich neben die Liege gestellt und mir in die Augen gestarrt. Danach war es vorbei, ich bin aufgewacht, genauer gesagt, Angernagel hat mich aufgeweckt. Er wollte wissen, woran ich mich erinnern konnte, und als ich ihm alles haarklein erzählt hatte, schien er hochzufrieden.«

»Dieses Schwein!« Ich schlug auf das Lenkrad. »Er hat dir den ganzen Mist eingeredet.«

»Anzunehmen. Er hat mir noch andere Sachen mitgeteilt, Infos, die er angeblich während der Hypnose aus mir herausgekitzelt hat.«

»Was denn?«

»Danach bin ich im Alter von acht Jahren zum ersten Mal von den Außerirdischen entführt worden. Und die verschiedenen Persönlichkeiten, die ich entwickelt hätte, seien eine Folge der Entführungen. Die Außerirdischen wollten nicht, daß man sich an sie erinnert, deshalb verabreichten sie einem Tarnerinnerungen. Manchmal käme ihnen aber was durcheinander, sozusagen aufs falsche Knöpfchen gedrückt, und man würde mit einer Erinnerung ausgestattet, die nicht zu einem paßt. Das sei der Kristallisationspunkt der unterschiedlichen Ichs, mit denen ich mich herumplagen würde. Ich solle mich aber nicht ängstigen, die Außerirdischen seien Realität, viele andere Menschen hätten dieselben Erfahrungen gemacht, und mit der Rückgewinnung der Erinnerung an die Entführungen würden auch die heterogenen Ichs verschwinden.«

»Was für ein Scharlatan!« fluchte ich. »Ich sorge dafür, daß er aus dem Verkehr gezogen wird. Und ich weiß auch schon, wie.«

»Georg!« Franka schielte mich von der Seite an. »Bist du hundertprozentig sicher, daß es keine Außerirdischen gibt?«

Mark-Stefan stand schon in der Tür, als wir ankamen. Er stellte ähnliche Fragen wie ich, und Frankas Antworten schienen ihn ebenso zu beunruhigen. Über ihre Schulter schoß er einen Blick auf mich ab, der soviel besagte wie: Du bist an allem schuld.

Ich zuckte die Achseln, als würde ich antworten: Ich habe mein Bestes versucht, aber es war nicht genug.

»Nächsten Mittwoch habe ich übrigens den nächsten Termin«, sagte Franka.

»Nein«, riefen Mark-Stefan und ich wie aus einem Mund.

»Das lasse ich nicht zu«, erklärte ich kategorisch.

»Tu das bitte nicht!« flehte Mark-Stefan.

»Jungs!« Franka hob beide Hände. »Regt euch bloß nicht auf! Ich habe alles voll unter Kontrolle. Das mit den Außerirdischen war reine Suggestion von Angernagel, okay?«

»Denk daran, was Angernagels Therapie bei Corinna Lahrmann bewirkt hat! Vielleicht ist auch sie mit einem ganz anderen Problem zu ihm gegangen.«

»Gerade das will ich ja herausfinden«, widersprach Franka. »Außerdem«, sie riß die Augen auf, »ich habe keine psychischen Schwierigkeiten.«

»Was oder wer auch immer Corinna Lahrmann getötet hat – die Gesundheit der Lebenden geht vor«, entschied ich. Und dann erzählte ich von meiner Verabredung mit der anonymen Frau Schmidt. »Ich hoffe, sie als Zeugin gegen Angernagel zu gewinnen. Mit ihrer und deiner Aussage müßte es gelingen, Angernagel die Lizenz zum Therapieren zu entziehen. Mehr können wir nicht erreichen.«

Franka blickte versonnen. »Abwarten! Wir reden nächste Woche noch mal darüber.«

Ich war so gespannt, als hätte ich eine Kontaktanzeige aufgegeben: *Unternehmungslustiger Single im besten Alter sucht weibliche Bekanntschaft für zerstreuende Stunden, spätere Gefühle nicht ausgeschlossen.* Was würde der entscheidende Moment der ersten Begegnung bringen, Hit oder Niete, eine freudige Überraschung oder eine Enttäuschung, würde ich ihr mein Briefmarkenalbum zeigen wollen oder unentwegt auf die Uhr schielen?

Es ist nur eine geschäftliche Verabredung, redete ich mir ein. Abendliche Telefongespräche hin oder her, die Frau ist Teil deines Jobs, also verhalte dich gefälligst nicht wie ein verklemmter Theologiestudent.

Eine große blonde Frau betrat das *Alcatraz* und

blickte sich suchend um. Sie hatte das Haar am Hinterkopf zusammengesteckt und trug eine weiße Bluse unter einer schwarzen Strickjacke. Ich erkannte sie sofort. Es war eine der Studentinnen aus dem Doktorandenkolloquium von Professor Klas Evert Ebertien. Und sie sah so aus, wie ich mir die Antwort auf eine Kontaktanzeige erträumen würde.

Sie trat an meinen Tisch. »Guten Abend, Georg Wilsberg.«

Ich stand ebenfalls auf. »Frau Schmidt?«

Sie lächelte spitzbübisch. »Sagen Sie Claudia zu mir!«

»Ist das Ihr richtiger Name?«

Sie nickte.

»Und den Nachnamen verraten Sie nicht?«

»Noch nicht.«

Wir setzten uns und bestellten etwas zu trinken. Ich nahm einen Kakao, sie ein Glas Rotwein.

»Antialkoholiker?«

»Seit einiger Zeit, ich meine, ich trinke nur gelegentlich«, verhaspelte ich mich.

Sie zog eine Augenbraue hoch.

»Ich hab mal viel zu viel getrunken«, gestand ich. »Deshalb lasse ich es lieber ganz.«

»Um einen klaren Kopf zu behalten?«

»Ja, ein klarer Kopf ist manchmal viel wert.«

Kaum zu glauben, daß diese kühl und überlegt wirkende Frau dieselbe sein sollte, die gestern abend so herzerweichend geweint hatte. Als hätte sie meine Gedanken erraten, sagte sie: »Entschuldigen Sie, daß ich gestern ausgerastet bin. Es war einfach zu viel für mich. Heute geht's mir wieder besser.«

»Und das Implantat in der Nase?« fragte ich beiläufig.

»Das ist noch drin. Irgendwann nehmen sie es wieder heraus. Aber im Moment denke ich nicht daran.«

Keine Sinnestäuschung. Die Frau war verrückt. Eindeutig.

»Enttäuscht?« Wieder zeigte sie dieses kleine, spöttische Lächeln. »Haben Sie gehofft, ich würde Ihnen gestehen, daß ich mir die Außerirdischen und ihre Entführungsaktionen nur eingebildet habe?«

»Nein«, sagte ich gedehnt.

»Diesen Gesichtsausdruck kenne ich. Alle meine Freunde haben mich so angeguckt: *Schade, daß Claudia durchgetickt ist.*«

Ich schwieg, weil ich nicht lügen wollte.

»Ich bin nicht verrückt, Herr Wilsberg.«

»Georg«, schlug ich vor.

Sie legte ihre Hand auf meine. »Es ist real. Sie sind da, hier und jetzt. Ich wünschte mir, du würdest mir glauben.«

Ich schluckte. »Wenn du es sagst.«

Sie zog ihre Hand weg. Die Trennscheibe hatte sich gehoben und wieder gesenkt.

Die Kellnerin brachte unsere Getränke, und wir nippten höflich daran. Dann erkundigte sich Claudia mit distanzierter Stimme nach den Ermittlungen, den Mord an Koslowski betreffend. Ich antwortete ebenso sachlich, daß sich noch nichts Neues ergeben habe, die Polizei und ich aber weiter davon ausgingen, daß der Mord mit Koslowskis letztem Job zusammenhinge. Während des anschließenden Schweigens überlegte ich, ob ich ihr von Frankas Auftritt bei Angernagel erzählen sollte. Würde sie es als erneuten Beweis dafür ansehen, daß ich ihre Erfahrungen mit den Außerirdischen nicht ernst nahm? Andererseits konnte ich meine Ungläubigkeit ohnehin nicht verbergen. Ich ging das Risiko ein.

Zu meiner Überraschung reagierte Claudia gelassen: »Ja, das traue ich Angernagel zu. Er nutzt andere schamlos aus, wenn es zu seinem Vorteil gereicht.«

»Aber was ist sein Vorteil?«

»Begreifst du das nicht? Er will der Guru der Bewegung sein. Je mehr Menschen von den Außerirdischen entführt werden und über ihre Erfahrungen berichten, desto größer ist seine Chance, sich als anerkannter Experte zu profilieren. Es dauert garantiert nicht mehr lange, bis die Medien das Thema aufgreifen, Einladungen zu Talk-Shows, der ganze Rummel. Und wer sitzt dann stets in der ersten Reihe? Friedhelm Angernagel.«

Das leuchtete mir ein. »Es geht ihm also nur um Kohle?«

»Natürlich. Anstatt den Entführten zu helfen, verstärkt er ihre Ängste. Er sammelt eine Gemeinde von Jüngern um sich, die willenlos an seinen Lippen hängt. Dabei verfügt er, soviel ich weiß, über keine eigenen Erfahrungen.«

»Könnte das bei Corinna Lahrmann auch so gewesen sein? Ist sie vielleicht mit einem ganz anderen Problem zu Angernagel gegangen, und er hat ihr die Entführungen nur eingeredet?«

Claudia zog sich erneut in ihre Muschel zurück. »Ich kannte Corinna zu wenig«, sagte sie kühl. »Ich habe sie ein paarmal in der Gruppe getroffen, da wirkte sie gehemmt, sie wollte nicht über ihren persönlichen Hintergrund reden. Und in der Uni haben wir das Thema gemieden.«

»Würdest du mir helfen, gegen Angernagel vorzugehen?« wagte ich einen Vorstoß. »Ich möchte verhindern, daß er noch mehr Menschen verunsichert und in psychische Probleme stürzt, so, wie er es bei meiner Assistentin versucht hat.«

»Ich glaube nicht, daß ich dafür die richtige Zeugin bin.« Claudia zupfte an ihrer Strickjacke. »Ich weiß, worauf du hinauswillst: Daß das alles ein großer Bluff ist, daß die Außerirdischen eine Erfindung von Angernagel sind. Aber das stimmt nicht. Meine Entführungen fingen an, lange bevor ich Angernagel kennengelernt habe. Er hat das Thema nur aufgegriffen. Sein Geschick bestand darin, sich den Ruf zu erwerben, die Frauen, denn die meisten Entführungsopfer sind Frauen, als tatsächlich Verfolgte zu akzeptieren. Mag sein, daß sich das bei ihm zu einer fixen Idee entwickelt hat. Oder daß er einfach eine Möglichkeit gesehen hat, damit Kasse zu machen. Ich habe keine Ahnung, wie hoch der Prozentsatz derjenigen ist, die von ihm betrogen wurden. Aber auch wenn es nur zwanzig oder dreißig echte Entführungsfälle gibt, so würde ich doch mein eigenes Schicksal und das meiner Leidensgenossinnen diskreditieren, träte ich jetzt als Kronzeugin gegen Angernagel auf. Was ich erlebt habe, kann mir niemand absprechen.«

»Ich verstehe«, sagte ich enttäuscht.

»Nichts verstehst du.« Ihre Augen wurden feucht. »Ich habe ein ganz normales Leben geführt. Ich hatte einen Freund, das Studium hat mir Spaß gemacht. Durch die Außerirdischen ist meine Beziehung kaputt gegangen, sie haben mir sämtliche Lebensfreude geraubt. Ich kann ...«, ihre Stimme verebbte zu einem Flüstern, »... nicht mehr mit Männern schlafen.«

»Darf ich fragen, wieso?«

Sie wischte sich verstohlen über die Augen. »Du machst dich ja doch nur über mich lustig.«

»Nein, bestimmt nicht.«

»Es hat mit den sexuellen Experimenten der Außerirdischen zu tun. Seitdem ekle ich mich vor Sexualität.«

»Bei unserem ersten Telefongespräch erwähntest du so etwas.«

»Sie benutzen menschliche Frauen als Brutmaschinen. Entweder weil sie keine eigenen Kinder bekommen können, oder weil sie Hybridwesen züchten wollen, halb Mensch, halb Außerirdischer.«

»Und wie machen sie das?«

Claudia verdrehte die Augen. »Das große Wesen drückt auf meinen Bauch. Und dann führt er eine Reihe von Instrumenten in die Vagina ein. Das tut weh, mir wird regelmäßig schlecht. Es ist wie beim Frauenarzt, nur daß ich mich nicht dagegen wehren kann. Ich versuche ihn anzubrüllen, daß er das lassen soll, aber er antwortet nur: Es ist alles in Ordnung.«

»Und was geschieht dann?«

»Sie entnehmen ein Ei. Die kleinen Wesen tragen den Behälter aus dem Raum, ich vermute, daß das Ei künstlich befruchtet wird. Anschließend setzen sie es wieder ein. Und ich fühle mich schwanger. Niemand kann sich vorstellen, wie entsetzlich es ist, einen solchen Bastard im Körper zu tragen.«

»Kannst du es nicht abtreiben?«

»Nein, es reagiert nicht auf Schwangerschafttests. Nach etwa vier Wochen entnehmen sie den Fötus. Anscheinend ist das Embryo dann soweit entwickelt, daß sie ihre technischen Geräte für die Brut einsetzen können.« Claudia schüttelte sich. »Aber das allerschrecklichste, das scheußlichste überhaupt ist der Brutkastenraum.«

»Der was?«

»Ich nenne ihn so, weil er voll ist mit Behältern, in denen Embryos schwimmen. Es sieht aus wie ein Horrorkabinett. Viele Embryos schwimmen aufrecht, andere liegen auf dem Rücken. Alle Behälter sind an Apparate angeschlossen, die die Lebenserhaltung der Hybridkinder steuern. Etliche Föten sehen schon richtig alt und kränklich aus. Allein die Vorstellung, daß einige davon meine sind ...«

Mit solchen und ähnlichen Geschichten verbrachten wir den Abend, Claudia trank noch ein Glas Rotwein, ich stieg von Kakao auf Apfelsaft um. Allmählich kamen mir die Außerirdischen wie alte, etwas schräge Bekannte vor. Sollten sie mich mal in ihr Raumschiff entführen, würde ich mich auf Anhieb gut zurechtfinden. Allerdings nahm ich mir vor, dem größeren Wesen eins auf den nichtvorhandenen Rüssel zu geben, damit es nicht auf den Gedanken kam, an mir herumzuexperimentieren.

Ich versuchte, Claudia über Angernagel auszuhorchen, aber sie wich meinen Fragen aus. Was auch immer zwischen den beiden gelaufen war, sie wollte es mir nicht anvertrauen. Und irgendwann erklärte sie, daß sie müde sei und nach Hause müsse. Natürlich bot ich an, sie zu begleiten, doch sie lehnte ab. Das Mißtrauen war noch nicht völlig überwunden.

Wir verabschiedeten uns, und sie versprach, mich am nächsten Abend anzurufen. Beide schwangen wir uns auf unsere Fahrräder, sie nahm den Weg zur Promenade, ich radelte in Richtung Kreuzviertel. Zum Schein selbstverständlich, denn wozu war ich schließlich Detektiv.

Ich verfolgte sie bis ins Ostviertel, wo sie in der Sophienstraße ein vierstöckiges, schlichtes Mietshaus betrat, und wendete meinen alten Trick an: Ich beobachte, in welcher Wohnung die Deckenbeleuchtung eingeschaltet wird. Aber auch gute Tricks funktionieren nicht immer. Entweder wohnte sie nach hinten hinaus, oder sie wollte die Außerirdischen im Dunkeln erwarten. So schrieb ich mir alle vierzehn Namen auf, die auf den Klingelbrettern standen.

IX

Das Wochenende war eines der übleren Sorte. Am Samstag abend meldete sich Claudia nicht.

Am Sonntag verspürte ich das dringende Bedürfnis, mit jemandem zu reden. Ich schnappte mir das Telefonbuch und suchte unter allen vierzehn Nachnamen, die ich mir in der Sophienstraße aufgeschrieben hatte, nach einer Claudia. Es war keine dabei, nicht einmal eine C. Anscheinend war Claudia doch nicht ihr richtiger Name. Womit hatte ich dieses Mißtrauen eigentlich verdient?

Ich überlegte, daß ich den Nachmittag gerne mit meiner Tochter Sarah verbringen würde, zum Beispiel bei einem Zeichentrickfilm im Kino. Allerdings handelte es sich, nach der strengen Besuchsregelung, die meine Ex-Frau unter Beihilfe ihres neuen juristischen Freundes aufgestellte hatte, nicht um *mein* Wochenende. Ich rief Imke trotzdem an, aber sie erzählte mir nur, was ich schon wußte, nämlich, daß es nicht mein Wochenende sei.

Schließlich verfiel ich auf die etwas ausgefallene Idee, den telefonischen Kontakt zu Professor Klas Evert Ebertien zu suchen. Er war darüber gar nicht erbaut, wie er, nachdem ich mich vorgestellt hatte, umgehend zum Ausdruck brachte.

»Sie schon wieder. Ich habe mich zum Thema Corinna Lahrmann umfassend und abschließend geäußert. Ich dachte, das hätte ich deutlich gemacht.«

»Meine Bitte ist bescheiden, Herr Professor«, sagte ich freundlich. »Ich brauche die Namen aller Teilnehmerinnen Ihres Doktorandenkolloquiums.«

»Das ist ja unerhört«, schnaubte Ebertien. »Zum einen darf ich Ihnen die Namen gar nicht geben, aus Datenschutzgründen. Zum anderen liegt die Liste in meinem Büro. Sie erwarten doch nicht ernsthaft, daß ich wegen Ihnen den Sonntag nachmittag opfere?«

»Sie haben mich belogen, Herr Professor«, blieb ich hartnäckig.

Er legte nicht auf.

»Sie haben mir ein Märchen aufgetischt, als Sie mir erzählten, daß Sie sich kaum an Corinna Lahrmann erinnern könnten. Zufällig habe ich erfahren, daß Sie mit ihr eine heftige Auseinandersetzung hatten. Sie haben von ihr verlangt, daß sie einen Teil ihrer Doktorarbeit umschreiben müsse, andernfalls sei ihre Promotion gefährdet. Und ein paar Tage später hat Corinna Lahrmann Selbstmord begangen.«

»Das war eine rein fachliche Diskussion«, keuchte Ebertien.

»Mag sein, Herr Professor. Nur, sehen Sie, ich kenne da einige freie Journalisten. Vielleicht springt einer auf die Geschichte an, die ich ihm anbieten könnte: *Mobbing an der Uni – Professor treibt Studentin in den Selbstmord.*«

Ebertien dachte nach. »Wenn ich Ihnen die Namen gebe – lassen Sie mich dann in Ruhe?«

Eine Stunde später meldete sich Ebertien aus seinem Uni-Büro. Er war höflich und kooperativ. Und der vierte Name, den er vorlas, stand auch auf meiner Liste: Sandra Nebel.

»Hallo, Sandra!« sagte ich, als sie nach dem dritten Klingeln abnahm.

Sie war nicht so freudig überrascht, wie ich gehofft hatte. »Wie hast du meinen Namen herausgefunden?«

»Ich bin Detektiv, schon vergessen?«

»Ich mag es nicht, wenn man mir nachspioniert.«

»Ich habe mir Sorgen gemacht, du wolltest mich gestern abend anrufen.«

»Gestern abend war ich nicht in der Stimmung dazu. Georg, laß uns eines klarstellen: Versuch nie, nie wieder, mich zu etwas zu drängen. Ich muß selbst entscheiden, wann ich Kontakt aufnehme und wie eng eine Beziehung ist, die ich eingehe.«

»In Ordnung«, sagte ich zerknirscht. »Es war mein Fehler.«

»Anderenfalls fühle ich mich sehr schnell in eine Ecke gedrängt. Ich gerate eben leicht in Panik, mein Leben ist von vielen Ängsten bestimmt. Ich dachte, ich hätte dir das deutlich gemacht.«

»Deutlich genug«, gab ich mich reumütig.

Sie schwieg.

»Sandra ... ich darf dich doch Sandra nennen?«

Sie zischte. »Natürlich, jetzt, wo du meinen Vornamen kennst.«

»Du bist nicht die einzige auf der Welt, der es schlecht geht. Ich fühle mich ziemlich beschissen und einsam, seitdem mein Partner ermordet wurde. Das ist der hauptsächliche Grund, warum ich dich angerufen habe. Nicht, um dir nachzuspionieren.«

»Ich glaube, ich war ein bißchen zu schroff«, lenkte sie ein. »Nimm's mir nicht übel!«

»Ich möchte dir helfen, das ist alles. Weil's mir hilft, wenn ich etwas für andere tun kann.«

»Ach, Georg, niemand kann mir helfen.« Sie war mindestens zehn Jahre jünger als ich und redete wie eine alte Frau.

»So ein Quatsch. Du bist noch nicht tot, also lassen sich deine Probleme auch lösen. Bitte, faß es nicht als Provokation auf, aber hast du mal daran gedacht, zu einem seriösen Therapeuten zu gehen, nicht zu so einem Windei wie Angernagel?«

Sie stöhnte. »Normale Therapeuten verstehen mich nicht. Sie denken, daß ich mir die Außerirdischen nur einbilde, und wollen meine angebliche Paranoia behandeln. Aber die Entführungen finden nun mal tatsächlich statt.«

Ich wagte nicht zu widersprechen.

»Georg, entschuldige bitte, ich muß jetzt Schluß machen, ich bin mitten in der Arbeit.«

»Wann sehen wir uns wieder?« fragte ich.

»Ich weiß nicht, ich rufe dich an.«

Na herrlich! Es war wie verhext. Man sollte Wochenenden abschaffen.

Der Montag wurde auch nicht besser. Denn er begann mit der Trauerfeier für Koswlowski.

Wäre Koslowski ein berühmter Mann gewesen, hätte die einschlägige Formulierung gelautet, daß die Feierlichkeiten im engsten Kreis stattfanden. So aber kamen einfach nur wenige Leute: Franka und Mark-Stefan, Sigi Bach, unsere ehemalige Chefin, zwei frühere Arbeitskollegen von *Security Check* und Hauptkommissar Stürzenbecher.

Der Pfarrer skizzierte einen Lebenslauf und ein Charakterbild des Verstorbenen, die dem Hjalmar Koslowski, den ich gekannt hatte, ungefähr soweit ähnelten wie Donald Duck einer realen Ente. Es war ein schäbiger und trauriger Abgesang, so schäbig und traurig wie Koslowskis Abgang in den Rieselfeldern.

Danach war schon alles vorbei. Das schlichte Urnenbegräbnis, das ich mit dem Beerdigungsinstitut vereinbart hatte, würde erst in einigen Wochen stattfinden. Koslowski hätte sicher nicht viel dafür übrig gehabt, mit seiner mageren Hinterlassenschaft einen Friedhofsgärtner zu alimentieren. Und da es nicht einmal seine Schwester für nötig hielt, zur Beerdigung über den großen Teich zu kommen, sah auch ich keinen Grund, warum die Erbschaft nicht dem halbierten Detektivbüro sowie Frankas Umzug zugute kommen sollte.

Sigi versicherte mir ihr Mitgefühl und daß ich jederzeit zu *Security Check* zurückkommen könne. Ich dankte ihr und sagte, daß ich es erstmal allein probieren wolle.

Dann legte sie ihren Arm auf meine Schulter und flüsterte: »Sag mal, die Kleine da drüben, ist das nicht die Veganerin, die in das Schapdettener Affenhaus eingebrochen ist?«

»Franka Holtgreve«, bestätigte ich. »Sie ißt immer noch kein Schweinefleisch, dafür ist sie jetzt meine Assistentin.«

»Deine Assistentin?« Sigi klang besorgt. »Hat sie denn Ahnung von der Detektivarbeit?«

»Oh, sie ist sehr motiviert, manchmal ein bißchen übermotiviert.«

»Georg, ist dir klar, daß du da eine große Verantwortung übernimmst?«

»Danke, daß du mich darauf hinweist, Sigi«, versetzte ich kühl. »Falls ich nicht mehr weiß, was ich mit meinen schlaflosen Nächten anfangen soll, werde ich daran denken.«

Als letzter schüttelte Stürzenbecher meine Hand. Die Mordkommission trat auf der Stelle, Norbert Schliemann, der Mann aus Brüssel, blieb nach wie vor ein unbeschriebenes Blatt. Stürzenbecher murmelte etwas von Routine und Raster, gängige Umschreibungen dafür, daß die Ermittlungen im Sande zu verlaufen drohten.

Und dann war die Trauerfeier zu Ende, und wir gingen alle unserer Wege.

Auf meinem Anrufbeantworter waren zwei Anrufe. Der erste war vom Bauunternehmer Disselbeck, der sich danach erkundigte, was ich in seiner Angelegenheit weiter zu tun gedächte. Der zweite stammte von einem Mann namens Pfefferhorst. Pfefferhorst sagte, daß in seinem Haus merkwürdige Dinge vorgingen, er habe ständig Probleme mit den elektronischen Geräten.

Zuerst kontaktierte ich Disselbeck. Der Mann war wirklich eine Marke, kaltschnäuzig und arrogant wie die Millionärstruppe des FC Bayern München. Daß wir uns neulich am Telefon angeschrien hatten, schien er völlig verdrängt zu haben. Ich machte ihm klar, daß ich seinen Auftrag für erledigt hielt. Wallhorst würde in nächster Zeit vorsichtig sein, und ohnehin arbeitete ja die Polizei an der Aufklärung eines Verbrechens, in das Wallhorst zumindest indirekt verwickelt war. Sobald man Wallhorsts Mittäter geschnappt hätte, wäre auch Wallhorst fällig. Disselbeck moserte noch ein bißchen herum, bis es mir schließlich zu bunt wurde. Ich teilte ihm mit, daß er eine abschließende Rechnung bekommen würde, und damit basta.

Dann rief ich Pfefferhorst an. Er hatte mir seine Dienstnummer bei einer kommunalen Behörde hinterlassen und meldete sich mit der schlappen Stimme eines ganztägigen Sesselhockers.

»Detektivbüro Wilsberg. Ich habe eine Nachricht von Ihnen erhalten. Aber ich glaube, Sie verwechseln mich mit einem Elektriker.«

»Nein, nein.« Er wurde sofort munter. »Elektriker hatte ich oft genug im Haus. Die wissen nicht, woran es liegt.«

»Und was geschieht genau?« wollte ich wissen.

»Wir kommen uns vor wie in einem Geisterhaus, verstehen Sie. Der Fernseher wechselt das Programm, ohne daß jemand die Fernbedienung berührt hat, das Telefon wählt selbständig, auf dem Computermonitor habe ich plötzlich eine Bombe. Manchmal, wenn wir das Licht einschalten, geht das Radio an und umgekehrt.«

»Interessant«, sagte ich.

»Ja, für Leute, die uns besuchen, ist das witzig«, sagte er wehleidig, »aber für uns ist es die Hölle. Wir überlegen schon, ob wir in ein anderes Haus ziehen sollen.«

»Okay, ich werde mir die Sache mal anschauen.« Meine technischen Kenntnisse bewegten sich zwar auf dem Niveau der Adenauer-Ära, doch ein bißchen Ablenkung konnte nicht schaden. »Wann ist es Ihnen recht?«

»Um siebzehn Uhr dreißig«, kam die präzise Antwort. »Früher bin ich nicht zu Hause.«

Ich sagte ihm, daß das kein Problem für mich sei.

Dann schrieb ich die Rechnung für Disselbeck, tütete sie ein und brachte sie zum Briefkasten. Den Rest des Nachmittags verbrachte ich damit, die Zeit verstreichen zu lassen.

Ich hatte einen neuen Auftrag. Das Leben ging weiter.

Um Punkt siebzehn Uhr dreißig stand ich vor der Doppelhaushälfte der Pfefferhorsts, die sich mit der ergänzenden Hälfte und ähnlich langweiligen Doppelhäusern in einer ruhigen Siedlung in der Nähe des Schiffahrter Damms befand.

Ein Spukhaus stellte ich mir aufregender vor, aber das Grauen kann ja bekanntlich, wie wir seit Stephen King wissen, überall lauern.

Der Hausherr öffnete selbst. Er trug einen hellgrauen Anzug und einen dunkelgrauen Schlips und sah auch sonst ziemlich farblos aus.

»Im Moment funktioniert alles. So ist das immer. Wenn wir unsere Phänomene jemandem vorführen wollen, gibt's garantiert keinen Zwischenfall.«

»Das ist nicht weiter tragisch«, tröstete ich ihn. »Ich

habe sowieso vor, die Meta-Ebene der Erscheinungen zu untersuchen.«

»Meta-Ebene?« Er starrte mich verständnislos an.

Die Formulierung war mir unterwegs eingefallen. Damit hoffte ich, meine technische Unfähigkeit kaschieren zu können.

»Die Elektriker haben keine Schäden innerhalb des elektrischen Systems gefunden, nicht wahr?«

Er nickte.

»Also müssen wir nicht nach *etwas* suchen, das die Zwischenfälle auslöst, sondern nach *jemandem,* der sie verursacht.«

Er nickte erneut.

»Ihnen ist doch sicher auch schon der Gedanke gekommen, daß es irgendwo in Ihrem Umfeld einen Menschen gibt, der seinen Schabernack mit Ihnen treibt.«

»Meine Frau und ich haben darüber geredet«, bestätigte Pfefferhorst.

Wir waren inzwischen bis zu einem ganz in Braun gehaltenen Wohnzimmer durchgegangen. Die Pfefferhorsts liebten anscheinend die Einfarbigkeit.

»Allerdings ist uns absolut niemand eingefallen, der dafür in Frage käme. Wir sind eine friedliebende Familie. Warum sollte uns jemand terrorisieren?«

»Sie haben keine Feinde?«

Er schüttelte zögernd den Kopf. »Nein, eigentlich nicht. Es gab mal einen kleinen Streit mit dem Hausbesitzer nebenan. Er meinte, ich dürfe mein Auto nicht vor seiner Haushälfte parken. Aber der Mann ist technisch völlig unbegabt. Der kann ohne fremde Hilfe nicht einmal einen Radiosender einstellen.«

»Und Ihre Frau?«

»Meine Frau?« wiederholte er, als hätte ich einen Witz gemacht. »Meine Frau soll Feinde haben?«

»Dürfte ich sie persönlich fragen?«

»Warum nicht?« Mit lauter Stimme brüllte er: »Marga!« Und zu mir gewandt: »Meine Frau ist in der Küche.«

Ich hatte auch nichts anderes erwartet.

Marga Pfefferhorst hatte rote Wangen und sah ein bißchen verschwitzt aus. Offensichtlich war die Zubereitung des Abendessens eine schweißtreibende Angelegenheit.

»Das ist der Detektiv, von dem ich dir erzählt habe«, stellte mich Pfefferhorst vor. »Er möchte wissen, ob du Feinde hast.«

»Ich?« Marga riß ihre Augen auf. »Ich tu doch keiner Fliege was zuleide.«

Langsam bekam ich Zweifel an meiner These. Diese Familie war so hausbacken, daß nicht einmal der Postmann zweimal klingeln würde.

»Sie glauben gar nicht, welch geringe Anlässe genügen, um Haßgefühle auszulösen. Einmal an der Wursttheke vorgedrängt, und schon ist es geschehen.«

»Aber ich kaufe immer in dem Supermarkt an der Warendorfer Straße ein.«

»Und unsere gesellschaftlichen Aktivitäten sind sehr eingeschränkt«, fügte Herr Pfefferhorst hinzu. »Wir leben vollkommen zurückgezogen.«

Gott, war das zäh. Ich lächelte bekümmert. »Wann sind die seltsamen Phänomene zum ersten Mal aufgetreten?«

Pfefferhorst überlegte. »Vor etwa sechs Wochen.«

»Gab es davor ein ungewöhnliches Ereignis, eine Anomalie in Ihrem Leben, einen Besucher, den Sie nicht einordnen konnten, ein Anrufer, der Sie bedrängt hat?«

»Nein«, antworteten beide gleichzeitig.

Mir fielen bald keine Fragen mehr ein. »Haben Sie Kinder?«

»Ja, zwei. Lara ist fünfzehn, Moritz neun.«

»Ich möchte mit den beiden reden.«

Die Eltern guckten sich an. »Ich glaube nicht ...«, begann Pfefferhorst.

»Und zwar einzeln, am besten in ihren Zimmern«, beharrte ich. »Herr Pfefferhorst, Sie haben mich engagiert, damit ich eine systematische Untersuchung durchführe. Vertrauen Sie meiner Erfahrung!«

Moritz trug ein Borussia Dortmund-T-Shirt, hatte Borussia Dortmund-Bettwäsche, und an den Wänden hingen mindestens sieben Poster von BVB-Stars.

»He, du bist ein Fan von Borussia Dortmund«, sagte ich.

Er grinste schief. »Na klar.«

»Ich auch. War schon super, wie die im Endspiel der Champions League Juventus Turin geschlagen haben.«

Seine Augen leuchteten. »Borussia ist die beste Mannschaft in Europa.«

»Stimmt. Aber in der Bundesliga läuft's zur Zeit nicht so gut.«

»Weil so viele verletzt sind. Sonst hätten die auch Bayern München geputzt.«

»Glaube ich auch. Moritz, ich sage dir, in der Rückrunde wird's besser. Ich tippe, Dortmund kommt noch auf Platz zwei.«

»Und wer wird erster?«

»Kaiserslautern.«

Er lachte. »Hauptsache, nicht Bayern.«

»Wer ist denn dein Lieblingsspieler?« fragte ich.

»Andy Möller«, antwortete er wie aus der Pistole geschossen.

»Warum nicht Matthias Sammer oder Jürgen Kohler?«

»Weil Andy Möller mehr Tore schießt.«

Das leuchtete mir ein. »Sag mal, deine Schwester hält wohl nichts von Fußball?«

»Nö«, machte er. »Die meint, das wär doof.«

»Mädchen«, sagte ich gedehnt und zwinkerte ihm zu. »Lara hat vermutlich andere Sachen im Kopf. Geht sie auf Partys?«

»Ja, manchmal.«

»Und – hat sie schon einen Freund?«

»Ich weiß nicht.« Er wurde unsicherer. »Sie redet nicht über alles mit mir.«

»Und deine Eltern wären bestimmt ziemlich sauer.«

»Ja, Papa sagt immer, sie soll um zehn Uhr wieder zu Hause sein, und wenn sie dann erst um elf oder zwölf kommt, macht er ein Mordstheater.«

»Und du bist sicher, daß sie keinen Freund hat?«

Er guckte hektisch zur Tür. »Da war mal einer«, flüsterte er. »Er stand auf der anderen Straßenseite, mindestens eine halbe Stunde, und hat die ganze Zeit zu Laras Zimmer hochgestarrt.«

Ich flüsterte ebenfalls: »Und was ist dann passiert?«

»Lara ist rausgerannt und hat ihn angeschrien, er soll sich verziehen. Das hat er auch gemacht.«

»Weißt du zufällig seinen Namen?«

Er grinste. »War ja nicht zu überhören. Lara hat gebrüllt: Verschwinde, André, mach, daß du wegkommst, ich will dich nicht mehr sehen, André. All so Sachen.«

»Und wann war das? Kannst du dich daran erinnern?«

»Och, ist schon lange her. Bestimmt zwei Monate.«

»Okay, Moritz«, sagte ich. »War nett, mit dir zu plaudern. Und die Borussia schafft mit Sicherheit einen Uefa-Cup-Platz. Kannst dich drauf verlassen.«

»Sie sagen doch nichts meiner Schwester?« fragte er ängstlich. »Die macht mich echt platt, die Ziege.«

»Ein Detektiv verrät nie einen Informanten«, versicherte ich.

Lara saß an ihrem Schreibtisch und las ein Buch. Aus

einem tragbaren Kassettenrecorder dröhnte laute Popmusik.

Nachdem ich drei Sekunden in ihrem Zimmer gestanden hatte, klappte sie demonstrativ genervt das Buch zu. »Wieso muß ich eigentlich hier sitzen und mich von Ihnen verhören lassen?«

»Das ist kein Verhör«, sagte ich. »Ich möchte mich lediglich mit dir unterhalten.«

»Ich brauche Ihre Fragen also nicht zu beantworten?«

»Nein, ich kann dich zu nichts zwingen. Allerdings wären deine Eltern sicher nicht erfreut, wenn ich ihnen sagen würde, daß du nicht mit mir reden willst.«

»Sie meinen, dann kriege ich Ärger?«

»So könnte man es auch ausdrücken.«

»Na schön. Dann stellen Sie Ihre Scheiß-Fragen!«

»Würdest du die Güte haben, die Musik etwas leiser zu stellen?«

»Von mir aus.« Sie drehte sich gequält um und reduzierte die Phonstärke auf ein Maß, gegen das man nicht anschreien mußte.

Ich nahm einen schmalen Holzstuhl und rückte ihn in die Nähe des Schreibtisches, so daß ich Lara direkt gegenübersaß.

»Zunächst würde mich deine Meinung über die Phänomene interessieren, die eure Elektronik durcheinanderbringen.«

Sie zuckte mit den Schultern. »Was weiß ich? Wird irgend so ein Irrer dahinterstecken. Die gibt's doch überall.«

»Und du hast keine Ahnung, wer dieser Irre sein könnte?«

»Nee. Keinen blassen Schimmer.«

»Vielleicht ein Verehrer oder ehemaliger Freund von dir, der sich von dir gekränkt fühlt?«

»Verehrer? Sie reden aber geschwollen.«

»Gut, laß es mich moderner ausdrücken: jemand, der scharf auf dich ist und den du hast abblitzen lassen.«

»Ich habe keinen Freund und auch keinen ... Verehrer.«

»Und was ist mit André?«

Die Reaktion war bemerkenswert. Zuerst wurde sie rot, dann kalkweiß. »Wer hat Ihnen von André erzählt?«

Ich lächelte überlegen. »Ich bin Detektiv.«

»Das war Mo, diese Ratte.«

»Nein, es war nicht Mo«, log ich wenig überzeugend.

»Von wem haben Sie's dann?«

»Das darf ich nicht sagen. Informantenschutz.«

Lara schien meine Anwesenheit vergessen zu haben und kaute gedankenverloren an einem Fingernagel.

»Dich mach ich fertig, Mo! Wart's ab!«

»Laß deinen Bruder aus dem Spiel!« forderte ich so autoritär wie möglich. »Reden wir lieber über André. Was ist er für ein Typ?«

Sie tauchte aus ihren Gedanken auf. »André ist ein Arschloch.«

»Warum?«

»Er ist beknackt. Er meint, er hat einen Anspruch auf mich, nur weil ich mal kurz mit ihm gegangen bin.«

»Wie kurz?«

»Während einer Party. Wir sind voll versackt.«

»Versackt?« fragte ich skeptisch.

»Na, wir haben rumgeknutscht und so. Am nächsten Tag war's vorbei. Ich habe ihm gesagt, daß es aus ist, aber er wollt's nicht glauben. Dauernd labert er mich an, ob ich mit ihm ins Kino gehe oder ins Jugendzentrum. Der tickt nicht richtig.«

»Ist er technisch begabt?«

Sie guckte aus dem Fenster. »Woher soll ich das wissen?«

»Lara«, sagte ich streng, »ihr geht zusammen auf eine Schule, richtig?«

»Ja, aufs Ratsgymnasium.«

»Dann weißt du auch, ob er ein Computerfreak ist.«

»Na ja, er hat einen Computer, und er bastelt an irgendwelchen Sachen herum. Hat sich mal bei *Jugend forscht* beteiligt.«

»Mit anderen Worten: Es wäre möglich, daß er sich über die Telefonleitung in euren Haushalt einklinkt.«

Sie spielte die Unschuld. »*Ich* habe keine Ahnung von Technik.«

»Gut.« Ich stand auf. »Dann werde ich mir mal André vornehmen. Hast du ein Foto von ihm?«

»Das fehlte mir noch. Warten Sie! Es gibt Fotos von unserem letzten Schulausflug. Da müßte er eigentlich drauf sein.« Sie öffnete die Schreibtischschublade und zog ein Fotoalbum heraus. Nach einigem Blättern zeigte sie auf einen unscheinbaren Burschen in einem grünen Parka. »Das ist er.«

Ich ließ mir das Foto aushändigen und steckte es in die Jackentasche. »Wann habt ihr morgen Schulschluß?«

»Um Viertel nach eins.« Plötzlich schwand ihr Selbstbewußtsein, und sie verwandelte sich in ein hilfsbedürftiges Mädchen. »Müssen Sie meinen Eltern von André erzählen?«

»Vorläufig nicht. Ich werde zuerst mit André reden.«

»Wenn er verspricht, daß er den Scheiß in Zukunft läßt – können Sie dann André und mich aus dem Spiel lassen?«

»Ich werde sehen, was sich machen läßt. Unter einer Bedingung.«

»Ja?« fragte sie schüchtern.

»Du vergreifst dich nicht an deinem Bruder.«

Sie zog einen Schmollmund. »Versprochen.«

Die Pfefferhorsts warteten am unteren Ende der Treppe.

»Ich habe einige Hinweise, denen ich nachgehen werde«, verkündete ich. »Möglicherweise kann ich in zwei oder drei Tagen ein abschließendes Resultat vorlegen.« Zu einfach durfte die Sache nicht aussehen, schließlich wollte ich ja auch ein paar Mark verdienen.

»Welche Hinweise?« fragte Frau Pfefferhorst.

»Es handelt sich um sehr transitorische und reversible Überlegungen, mit denen ich Sie nicht beunruhigen möchte.«

»Wollen Sie sich denn nicht die Geräte ansehen?« fragte Herr Pfefferhorst zweifelnd.

»Nein, wie gesagt, führe ich die Untersuchung auf einer Meta-Ebene.« Ich ging zur Tür. »Einen schönen Abend, noch.«

Mein Abend war weniger schön. Sandra rief nicht an, und ich wagte es nicht, sie in ihrem Spinnennest zu stören.

X

Gerade wollte ich zum Ratsgymnasium aufbrechen, um mit André ein ernstes Wort unter Männern zu reden, da klingelte das Telefon.

Es war Mark-Stefan. Er wirkte beunruhigt. »Ist Franka bei dir?«

»Nein. Wieso?«

»Sie ist verschwunden.«

»Was heißt verschwunden?«

»Sie wollte heute morgen zu Koslowskis Wohnung, ich meine, unserer neuen Wohnung. Sie hat den Wagen genommen. Sie sagte, sie würde ein paar Säcke mit Koslowskis Klamotten vollstopfen und beim Roten Kreuz abliefern. In spätestens anderthalb Stunden wäre sie zurück. Als sie nach zwei Stunden noch nicht wieder da war, habe ich in der Wohnung angerufen. Sie hat nicht abgenommen. Dann bin ich mit dem Fahrrad zur Goldstraße gefahren, aber der Wagen stand auch nicht vor dem Haus.«

»Sie wird irgendwo hingefahren sein, eine Freundin besuchen, zum Beispiel.«

»Das glaube ich nicht. Sie hatte um elf ein Seminar an der Uni, das ihr sehr wichtig ist.«

»Na also.« Ich atmete auf. »Das ist die Lösung: Sie ist direkt zur Uni.«

»Das kann nicht sein. Ihre Uni-Sachen liegen noch in ihrem Zimmer.«

Ich schaute auf die Uhr. Wenn ich André erwischen wollte, mußte ich jetzt aufbrechen. »Könnte sie bei Angernagel sein?«

»Ich hoffe nicht.« Mark-Stefan machte eine Pause.

»Georg, ich mache mir Sorgen. Ich glaube, jemand hat die Wohnung in der Goldstraße durchsucht.«

»Wie kommst du darauf?«

»Einige Schubladen waren herausgezogen, und Papiere lagen verstreut auf dem Boden.«

»Könnte das nicht Franka gemacht haben?«

Er gab zu, daß die Möglichkeit bestand.

»Habt ihr am Wochenende über Angernagel gesprochen?« hakte ich nach.

»Ja, wir haben ein paarmal darüber diskutiert. Ich dachte, ich hätte sie überzeugt, daß es zu gefährlich ist, sich von diesem Blödmann hypnotisieren zu lassen. Aber ...«

»Was?«

»Wenn sie heute zu ihm gefahren ist, hat sie uns reingelegt. Der Termin für die zweite Hypnose-Sitzung, den ihr Angernagel gegeben hat, sollte doch erst morgen sein.«

André konnte warten, er würde mir nicht davonlaufen. »Ich fahre sofort nach Nienberge-Häger«, versprach ich Mark-Stefan. »Falls Frankas Wagen vor Angernagels Tür steht, gehe ich rein und hole sie heraus. Und niemand wird mich aufhalten.«

Eine Stunde später und einige Gefühlsgrade mulmiger klingelte ich an der Tür der kleinen Wohnung an der Warendorfer Straße, in der Franka und Mark-Stefan hausten. Mark-Stefan öffnete, und sein gespannt-erwartungsvoller Gesichtsausdruck war wahrscheinlich eine glatte Kopie meiner eigenen Mimik.

Ich schüttelte zuerst den Kopf. »Keine Spur vom Wagen.«

»Und hier hat sie sich auch nicht gemeldet«, sagte Mark-Stefan. »Georg, da ist irgend etwas verdammt Beschissenes im Gange.«

Ich trat ein. »Bevor wir uns gegenseitig verrückt machen, sollten wir im Auge behalten, daß es jede Menge harmloser Erklärungen gibt.«

»Was denn für harmlose Erklärungen?« fragte er gleichermaßen abwehrend wie begierig, tröstende Worte zu hören.

»Franka könnte Lust auf eine Spritztour bekommen haben. Vielleicht ist sie nach Holland gefahren, um Käse, Vla oder Shit einzukaufen.«

»Das sind Milchprodukte, Georg.« Mark-Stefan schüttelte genervt den Kopf. »Hast du vergessen, daß wir Veganer sind? Und Drogen nehmen wir auch nicht.«

»Dann hat sie möglicherweise das Bedürfnis verspürt, ihre Mutter in Coesfeld zu besuchen. Paß auf, Mark-Stefan, du hängst dich jetzt ans Telefon und rufst einfach jeden an, der dir einfällt.«

Er seufzte. »Das habe ich schon getan.«

Um drei Uhr nachmittags, Mark-Stefan stand kurz vor einem Nervenzusammenbruch, war es soweit: Ich rief Stürzenbecher an.

»Was bildest du dir ein, Wilsberg?« regte sich der Hauptkommissar auf. »Soll ich nach einer Neunzehnjährigen fahnden lassen, die gerade mal drei Stunden aus dem Haus ist?«

»Sechs Stunden«, korrigierte ich ihn.

»Und wenn schon. Unter achtundvierzig Stunden läuft da gar nichts. Das sind Vorschriften. Himmel, Wilsberg, du bist doch ein alter Hase. Während du dir in die Hose machst, läuft diese Franka durch die Kaufhäuser und sucht nach dem einen Kleid, das sie schon immer haben wollte.«

»Ich kenne Franka«, beharrte ich. »Und ich habe ein verflucht ungutes Gefühl.«

»Deine Gefühle in Ehren, Wilsberg, aber ich habe zu tun. Ruf mich morgen wieder an, falls sie bis dahin nicht aufgetaucht ist!«

»Sie ist mit Koslowskis Wagen unterwegs«, sagte ich schnell.

»So?« Er horchte auf.

»Ich habe ihr das Auto geliehen. Es ist eine vage Vermutung, das gebe ich ja zu, trotzdem könnte ein Zusammenhang zwischen dem Mord an Koslowski und Frankas Verschwinden bestehen.«

»Leuchtet mir nicht ein.« Wenigstens legte er nicht auf.

»Außerdem gibt es noch einen zweiten Fall, von dem ich dir nichts erzählt habe.«

»Aha«, knurrte Stürzenbecher. »Jetzt wird's interessant.«

Ich gab ihm eine knappe Fassung der Außerirdischen-Affäre, inklusive Koslowskis Kurzauftritt bei Hofknecht und Frankas Hypnosestunde bei Angernagel.

»Das hättest du mir schon früher sagen müssen«, schnauzte mich Stürzenbecher an.

»Ich habe es nicht für wichtig gehalten«, verteidigte ich mich. »Doch inzwischen weiß ich selbst nicht, was ich denken soll.«

»Na ja, mit Koslowskis Ford ließe sich etwas machen«, sagte der Hauptkommissar zögernd. »Es ist ja quasi dein Wagen, und ich fasse das, was du sagst, als Diebstahlmeldung auf. Das reicht als Vorwand, um ihn zur Fahndung auszuschreiben.«

Mark-Stefan und ich tranken Kräutertee, während die Zeit so langsam dahinstrich wie eine Ruderbootfahrt auf dem Atlantik. Wir bemühten uns, über Belangloses zu reden, was zwangsläufig krampfig ausfiel. Ständig schielte einer von uns beiden zur Uhr. Eine Diskussion über sexuelle Enthaltsamkeit in einem katholischen Priesterseminar hätte nicht zäher sein können.

Dabei mochte ich Mark-Stefan durchaus, und auch er fand mich, vermutete ich zumindest, nicht unsympathisch. Aber das einzige, was uns wirklich verband, war nun einmal unsere Angst um Franka. Und genau die, so das unausgesprochene Verbot, das über unseren Köpfen schwebte, durfte vorläufig nicht mehr erwähnt werden.

Irgendwann knurrte mein Magen so laut, daß ich den Vorwand ergriff, um der quälenden Atmosphäre für kurze Zeit zu entfliehen. »Ich muß mal was essen«, sagte ich und stand auf. »Ich bin gleich wieder zurück.«

»Du kannst ein Müsli haben«, schlug Mark-Stefan ohne Enthusiasmus vor. »Oder eine rohe Zucchini.«

»Sei mir nicht böse, aber mir ist mehr nach Aasfraß. Ich habe gesehen, daß es ein Stück die Straße runter eine Pommesbude gibt.«

Er verzog das Gesicht. »Wie du meinst.«

Auf der Straße atmete ich tief durch. Das Hungergefühl, das in meinen Eingeweiden rumorte, ließ mich die Welt wieder klarer sehen. Wahrscheinlich hatte Stürzenbecher recht, und es gab gar keinen Grund, den Teufel an die Wand zu malen.

Ich bestellte einen Hot Dog spezial und eine Portion Pommes mit Ketchup. Der Geruch nach altem Bratöl wässerte mir den Mund. Alles würde wieder gut, jetzt war ich fast sicher.

Endlich war das Menü fertig. Ich hockte mich in eine Sitzecke und hieb die Gabel in die knusprigen, hellbraunen Kartoffelstengel. Da stürzte Mark-Stefan zur Tür herein.

»Sie haben den Wagen gefunden.«

»Wo?«

»Im Hafen.«

»Und ist ... äh ... gibt es ...«

»Franka war nicht drin.«

Ich pustete. Die schwarzen Flecken vor meinen Augen verschwanden, ebenso wie das Schwindelgefühl, das mich erfaßt hatte. Merkwürdig, daß man in solchen Situationen immer an die schlimmste aller Möglichkeiten denkt.

»Komm schon!« bettelte Mark-Stefan. »Laß uns hinfahren!«

»Ja, natürlich.« Vor meinem Gesicht schwebte immer noch die Gabel mit den drei Pommes. Aus der Nähe sahen sie aus wie ein bizarres Kunstwerk. Ich drehte den Kopf. Die beiden Köchinnen und die drei übrigen Gäste der Imbißbude starrten mich entgeistert an.

Ich legte die Gabel zurück und stand auf. Im Hinausgehen schnappte ich, einem Raubtierinstinkt folgend, den Hot Dog vom Teller. Als wir an meinem Alfa ankamen, hatte ich ihn, mehr oder weniger unbewußt, komplett vertilgt.

Eigentlich bestand gar keine Veranlassung, den von der Polizei entdeckten, leeren Wagen anzugucken. Aber jede Aktivität war besser als dieses stumpfsinnige Brüten. Also fuhren wir zum Hafen.

Im münsterschen Hafen legten tatsächlich noch Schiffe an, auch wenn es immer seltener vorkam. Es gab noch Getreidesilos und Industrieanlagen, doch zwischen die alten, zum Teil verrotteten Gebäude schoben sich moderne Bürokomplexe mit Restaurants und Discos. Einige Getreidesilos waren bereits zu Künstlerateliers umgebaut worden. Und es war nur eine Frage der Zeit, bis Luxusapartments und ein Yachthafen das heruntergekommene Industriegebiet in eine bevorzugte Wohngegend für die Schönen und Reichen verwandeln würden.

Der Ford, in dem Koslowski gestorben und Franka unerklärlicherweise verschwunden war, stand vor einer der übriggebliebenen, vergammelten Lagerhallen, flankiert von zwei Mützenpolizisten, die eifersüchtig darüber wachten, daß niemand dem Fahrzeug zu nahe kam.

»Es ist mein Auto«, protestierte ich.

»Trotzdem dürfen Sie nichts anfassen«, belehrte mich ein Uniformträger. »Ein Hauptkommissar von der Mordkommission hat angeordnet, daß zuerst die Spurensicherung ran muß.«

»Kommt der Hauptkommissar auch hierher?«

»Was weiß ich?« sagte der Polizist und drehte sich ab. Bürgernähe pur.

Mark-Stefan und ich zogen uns in den Alfa zurück und warteten ab. Darin hatten wir inzwischen Übung.

Zuerst erschien ein Bulli mit drei Leuten von der Spurensicherung, die ihre Geräte auspackten. Dann parkte Stürzenbecher am Ende der Wagenkolonne.

Ich stieg aus und schlenderte zu ihm hinüber. »Habt ihr irgendwas von Franka gehört?«

Er schüttelte den Kopf. »Nichts. Eine Polizeistreife hat den Ford entdeckt. Mehr kann ich dir nicht sagen. Ich hoffe, daß wir im Wageninneren etwas finden, das uns weiterhilft.«

An Stürzenbechers Seite mischte ich mich unter die Versammlung der Kriminalisten.

»Sichern Sie die Straße ab!« befahl der Hauptkommissar den beiden Uniformierten. »Ich möchte keine Schaulustigen, die uns über die Schulter glotzen.«

»Ist der da ein Schaulustiger?« Der superfreundliche Polizist von vorhin zeigte auf mich.

»Nein. Herr Wilsberg ist ein Zeuge. Sonst noch Fragen?«

Die unteren Dienstränge trollten sich.

»Suchen wir was Bestimmtes?« erkundigte sich eine Spurensicherungsspezialistin.

Stürzenbecher verneinte. »Es gibt Verdachtsmomente, die auf Entführung hindeuten.«

Durch die verdreckten Scheiben musterte ich die Polstersitze. Keine neuen Blutflecken, immerhin.

Und dann hörten wir ein dumpfes, menschliches Geräusch.

»Der Kofferraum«, schrie ich.

»Das Geräusch kam aus dem Kofferraum«, bestätigte die Spezialistin.

»Warte!« Stürzenbecher hielt mich auf. Er stülpte einen dünnen Gummihandschuh über seine Rechte und rüttelte an der Kofferraumhaube. Sie war verschlossen.

»Schlüssel steckt nicht«, meldete die Spezialistin von vorne.

»Aufbrechen!« ordnete Stürzenbecher an.

Unendliche sechzig Sekunden später katapultierte ein Hebel die Kofferraumhaube nach oben. Ein verschnürtes menschliches Bündel machte zuckende Bewegungen und knurrte wütend in einen Knebel. Franka schien unverletzt zu sein, vor Freude hätte ich beinahe Stürzenbecher abgeküßt.

Die Polizisten schnitten die Fesseln auf, entfernten den Knebel und hoben Franka aus dem Kofferraum.

Ich nahm sie zuerst in die Arme. »Ich freue mich so, daß es dir gutgeht.«

»Was heißt hier gutgehen?« murmelte Franka. »Ich hab mich saubeschissen gefühlt.«

Mark-Stefan wartete schon ungeduldig neben mir, und ich reichte die Wiedergefundene weiter.

Selbst Stürzenbecher mußte bei soviel Glück schmunzeln, doch dann brach der Polizist in ihm durch: »Haben Sie die Person erkannt, die Sie gefesselt hat? Oder können Sie sie beschreiben?«

»Nein.« Franka riß sich von Mark-Stefans Schulter los. »Er hat in Koslowskis Wohnung auf mich gewartet. Ich wollte gerade die Tür schließen, da bekam ich einen Schlag auf den Hinterkopf. Als ich wieder aufwachte, lag ich schon im Kofferraum.«

»Derjenige könnte etwas gesucht haben«, sinnierte Stürzenbecher.

»Vielleicht das hier.« Franka ging zum Kofferraum zurück und griff unter die Verkleidung. »Ich habe drauf gelegen.« Sie präsentierte eine Kassette.

»Die Aufnahme«, sagten Stürzenbecher und ich gleichzeitig.

»Verdammt«, fluchte der Hauptkommissar, »warum ist die Kassette bei der ersten Durchsuchung des Wagens nicht entdeckt worden?«

»Wir waren's nicht«, entgegnete die Spurensicherungsspezialistin kühl. »Das waren Beinke und seine Leute.«

Stürzenbecher konnte sich nicht beruhigen. »Die kriegen was von mir zu hören.«

»Laß uns doch erstmal anhören, was drauf ist«, schlug ich vor. »Deine Leute kannst du später mobben.«

Der nächstbeste Kassettenrecorder befand sich in meinem Alfa Romeo, und so machten wir es uns auf den Vordersitzen gemütlich.

»Nettes Auto«, sagte Stürzenbecher. »Kannst du dir das leisten?«

»Geleast«, antwortete ich. »Läßt sich steuerlich absetzen.«

Zuerst hörten wir ein tausendfaches Gemurmel, unterlegt mit an- und abschwellenden Gesängen.

»Das Preußenstadion«, stellte ich fest.

Stürzenbecher nickte konzentriert. Dann leierte eine Lautsprecherstimme Sponsorennamen herunter, gefolgt von den Mannschaftsaufstellungen.

»Nun mach schon!« murmelte Stürzenbecher.

Plötzlich kristallisierte sich eine Männerstimme aus dem Geräuschbrei heraus: »... was im Gange. Lakenkamp hat mir gesagt, daß jemand auf den Baustellen herumschnüffelt.«

»Wallhorst«, sagte ich.

Mit einer Handbewegung gebot mir Stürzenbecher zu schweigen.

»Disselbeck benimmt sich in letzter Zeit so komisch«, redete Wallhorst weiter. »Ich glaube, er hat Verdacht geschöpft.«

»Na und?« sagte eine andere Männerstimme.

»Hör mal, ich denke, wir sollten eine Weile kürzer treten.«

»Kommt überhaupt nicht in Frage.« Der andere klang jetzt ziemlich arrogant.

»Disselbeck will mich loswerden. Er sucht irgendeinen Vorwand, um mich aus der Firma zu schießen. Ich habe so ein Gefühl, daß da was im Busch ist.«

»Und wenn schon«, deckelte der andere den Bauunternehmer. »Du hast immer die Hand aufgehalten, oder?«

»Ja sicher, aber ...«

»Ich denke nicht daran, bei der kleinsten Schwierigkeit aufzuhören. Ein so gutes Geschäft lasse ich mir nicht entgehen, kapiert?«

»Und was ist, wenn Lakenkamp oder einer der anderen auspackt?«

»Was sollen sie denn auspacken? Eine Firma in Brüssel vermittelt ihnen Arbeiter, und dafür zahlen sie einen entsprechenden Betrag. Das Entscheidende ist, daß niemand die Kette bis zu mir oder dir verfolgen kann. Wir sind absolut sicher.«

Wallhorst wurde kleinlaut: »Ich bitte dich ja nur ...«

»Bitte mich nicht!« fuhr ihn der andere an. »Ich habe

dich in der Tasche, vergiß das nicht! Ich kann dich jederzeit auffliegen lassen.«

»Holger, ich ...«

»Keine Namen, verdammt noch mal, nie und unter keinen Umständen. Wie oft soll ich dir das noch einschärfen? Ich hole mir jetzt eine Bratwurst. Willst du auch eine?«

An dieser Stelle brach die Aufzeichnung ab.

»Er ist aufgestanden«, sagte Stürzenbecher.

»Und hat Koslowski gesehen«, ergänzte ich.

Der Hauptkommissar massierte seine Stirn. »Er konnte ja nicht wissen, wer Koslowski war.«

»Vielleicht hat er das Mikro entdeckt.«

»Möglich, ja. Dann bliebe noch das Rätsel, warum es Koslowski ein paar Stunden später und ausgerechnet in den Rieselfeldern erwischt hat.« Stürzenbecher richtete sich auf und bekam einen entschlossenen Gesichtsausdruck. »Und ich weiß auch schon, wer uns bei der Lösung weiterhelfen wird.«

XI

Christoph Wallhorst war in seinem Büro und in einer Besprechung. Solche Leute sind immer in einer Besprechung. Die Chefsekretärin versuchte, uns den Weg zu verstellen, doch Stürzenbecher schob sie einfach beiseite. Ich folgte Stürzenbecher auf den Fersen, zusammen mit der Kommissarin Kleinhaupt.

»Oha, der Herr Hauptkommissar«, rief Wallhorst. Er spielte den Gelassenen, doch seine Bräune hatte einen deutlichen Stich ins Milchige bekommen.

»Ich muß Sie sprechen, Herr Wallhorst«, sagte Stürzenbecher.

»Wie Sie sehen«, Wallhorst zeigte auf zwei geschniegelte Typen, die ihm gegenübersaßen, »führe ich gerade ein Geschäftsgespräch. Könnten Sie sich ein wenig gedulden und im Vorzimmer auf mich warten.«

»Nein, das kann ich nicht«, sagte Stürzenbecher barsch. »Sie haben die Wahl: Entweder Sie stehen sofort zur Verfügung, oder ich nehme Sie mit ins Präsidium. So einfach ist das.«

»Tja, meine Herren«, Wallhorst stand auf und bedachte seine Besucher, die inzwischen nervös an ihren Krawatten nestelten, mit einem gequälten Lächeln, »so ist die deutsche Polizei: von einer herzerfrischenden Direktheit. Ich fürchte, ich muß Sie bitten, mich mit diesen Herrschaften allein zu lassen. Meine Sekretärin wird Sie in der Zwischenzeit mit Getränken versorgen. Ich denke, daß ich in einer Viertelstunde wieder bei Ihnen bin.«

Stürzenbecher wartete, bis die beiden Besucher gegangen waren. »Eine Viertelstunde wird nicht reichen.

Es liegt an Ihnen, Herr Wallhorst, ob Sie den Abend im Kreis Ihrer Familie oder in Untersuchungshaft verbringen.«

»Wie können Sie mich derart kompromittieren?« fauchte Wallhorst. »Sie ruinieren meinen Ruf.«

Stürzenbecher reckte seinen Hals. »Jetzt reicht's mir aber«, brüllte er so laut, daß man im Nebenzimmer wahrscheinlich jedes Wort mitbekam. »Es geht hier nicht um einen Strafzettel wegen Geschwindigkeitsüberschreitung. Es geht um Mord, ist Ihnen das eigentlich klar? Sie haben mich bei unserem letzten Gespräch belogen. Sie haben die Ermittlungsarbeit der Polizei behindert, Sie sind der Mitwisser-, wenn nicht gar der Mittäterschaft bei einem Verbrechen verdächtig.«

Der Bauunternehmer zuckte zusammen. »Ich habe keine Ahnung, wovon Sie reden.«

»Ist Ihr Schwager Willi als Arbeitsvermittler tätig?« fragte Stürzenbecher sarkastisch.

»Nein, er ist Malermeister. Erwähnte ich das nicht bereits?«

»Sie waren nicht mit Ihrem Schwager im Preußenstadion. Sie haben dort einen Mann getroffen, mit dem zusammen Sie Ihre eigene Firma, das Bauunternehmen *Disselbeck & Wallhorst*, betrügen. Erinnern Sie sich an den Privatdetektiv, um den es bei unserem letzten Gespräch ging? Der Mann hat Sie im Stadion beschattet und wurde in der Nacht nach dem Fußballspiel ermordet aufgefunden. Nun, bislang vermuteten wir nur, daß der Detektiv Ihr Gespräch mit dem Unbekannten aufgezeichnet hat. Auch der Mörder hat offenbar nach der Kassette gesucht, ebenfalls ohne Erfolg.« Stürzenbecher grinste diabolisch. »Was soll ich sagen, Herr Wallhorst, der Detektiv hatte die Aufnahme gut versteckt. Erst vor einer Stunde haben wir sie gefunden.« Er drehte sich zur Kommissarin Kleinhaupt um. »Bitte!«

Kleinhaupt stellte einen Kassettenrecorder auf das Glastischchen und drückte auf die Play-Taste. Nach wenigen Sätzen stoppte Stürzenbecher die Wiedergabe, Wallhorst sollte nicht mitbekommen, wieviel wir auf Band hatten.

Der Bauunternehmer wirkte ohnehin angeschlagen. Seine Gesichtsfarbe ähnelte endgültig ranziger Buttermilch.

»Wie heißt der Mann, mit dem Sie gesprochen haben?« fragte der Hauptkommissar.

»Ich ... ich ...«

»Keine Ausflüchte!« fuhr ihn Stürzenbecher an. »Ich will den Namen, und zwar sofort.«

»Holger Knieriem«, hauchte Wallhorst.

»Wo finden wir diesen Knieriem?«

»Er hat ein Haus in Drensteinfurt.«

Stürzenbecher konnte sein Erstaunen nicht verbergen. »Wieso ausgerechnet Drensteinfurt?«

»Ich glaube, seine Familie kommt von dort. Die Firma in Brüssel und die anderen Adressen im Ausland dienten ausschließlich der Tarnung. Für uns ist, ich meine, war es von Vorteil, daß wir schnell in persönlichen Kontakt treten konnten. Ob Sie ihn im Moment dort antreffen, kann ich allerdings nicht sagen. Knieriem ist viel unterwegs.«

Stürzenbecher ließ sich die genaue Adresse geben, dann setzte er das Verhör fort: »Was geschah während des Fußballspiels?«

»Wie meinen Sie das?«

Der Hauptkommissar fixierte ihn grimmig: »Wann ist Ihnen aufgefallen, daß Sie abgehört werden?«

»Überhaupt nicht«, beteuerte Wallhorst. »Ich wußte doch nicht, daß ich beschattet werde. Ehrlich, Herr Hauptkommissar, ich hatte keine Ahnung, daß ein Privatdetektiv hinter uns sitzt.«

»Und Knieriem?«

»Auch nicht. Das heißt, jetzt, wo Sie es sagen, fällt mir wieder ein, daß er sich später irgendwie komisch benommen hat.«

»Beschreiben Sie das genauer!«

»Na ja, er ist kurz vor Spielbeginn aufgestanden ...«

»Um sich eine Bratwurst zu holen«, warf Stürzenbecher ein.

»Richtig. Er blieb sehr lange fort. Und als er zurückkam, wirkte er merkwürdig unkonzentriert. Während des ganzen Spiels hat er kaum ein Wort verloren.«

»Und Sie haben sich nicht nach dem Grund erkundigt?«

»Knieriem ist kein Mensch ...« Wallhorst knetete seine Hände. »Er hatte mich in der Hand, Herr Hauptkommissar, mehr als einmal wollte ich die Verbindung zu ihm abbrechen, aber ...«

»Eine reichlich späte Erkenntnis«, knurrte Stürzenbecher. »Nach Spielende, was ist dann passiert?«

»Ich bin nach Hause gefahren, so wie ich es Ihnen gesagt habe.«

»Und Knieriem?«

Wallhorst schwieg.

»Wann haben Sie erfahren, daß Sie sich bei Ihrem Schwager ein Alibi besorgen müssen?«

Wallhorst schaute zur Seite.

»Harr Wallhorst!« mahnte Stürzenbecher.

»Kurz nach Mitternacht«, flüsterte der Unternehmer.

»Na schön.« Der Hauptkommissar ging zur Tür. »Frau Kleinhaupt wird ein Protokoll aufnehmen und noch zwei Stunden bei Ihnen bleiben, damit Sie nicht auf den Gedanken kommen, Knieriem zu warnen.«

»Warum hast du ihn nicht verhaftet?« fragte ich, als wir das Bürogebäude verließen.

»Ich glaube nicht, daß Wallhorst Koslowski ermordet hat«, antwortete Stürzenbecher. »Vergiß nicht, daß er für die Tatzeit immer noch ein Alibi hat. Seine Frau bezeugt, daß er nach zweiundzwanzig Uhr dreißig zu Hause war. Und Koslowski wurde, laut Gerichtsmediziner, um vierundzwanzig Uhr getötet, plusminus eine halbe Stunde. Nein, Wilsberg, Knieriem ist unser Mann. Und was die anderen Straftaten angeht, Erpressung, unter Umständen Mitgliedschaft in einer kriminellen Vereinigung – das muß juristisch geprüft werden. Soll der Staatsanwalt entscheiden, ob er Wallhorst in U-Haft nehmen will. Wir schnappen uns jetzt Knieriem, das ist das Wichtigste.«

Wir hatten Stürzenbechers Dienstwagen erreicht, und der Hauptkommissar zog das Funkgerät aus der Halterung.

»Zentrale. Hier Wagen sechsundfünfzig. Ich brauche ein Einsatzkommando ...«

Drensteinfurt war ein Dorf an der B 58 zwischen Ascheberg und Ahlen und hatte weder Autobahn- noch Flughafenanschluß. Nicht gerade der ideale Zufluchtsort für einen international gesuchten Gangster, auf der anderen Seite würde auch niemand einen solchen hier vermuten.

Stürzenbecher und ich trafen ungefähr gleichzeitig mit den aus der Polizeikaserne in Selm herbeigeorderten Einsatzkräften in Dreinsteinfurt ein.

Knieriems Haus, ein mit hellen Ziegeln verkleidetes Familienmodell, das sich von den übrigen Häusern der Neubausiedlung nur durch einen ungepflegten Vorgarten unterschied, stand so dicht am Fußballplatz des TSV Drensteinfurt 09, daß man die Sonntagsspiele vom Balkon aus verfolgen konnte. Im Moment war allerdings nicht erkennbar, ob es überhaupt bewohnt wurde.

Die Polizeikräfte riegelten die Siedlung großräumig ab. Dann wurden die Kinder von der Straße gefischt und schließlich die Nachbarn gewarnt. Da die Gefahr einer Schießerei beziehungsweise herumirrender Querschläger bestand, sollte niemand versuchen, einen Fensterplatz zu ergattern.

Als die Vorbereitungen abgeschlossen waren, rollte ein gepanzertes Fahrzeug vor Knieriems Haustür. An einen Baum gelehnt und einen Zigarillo rauchend, beobachtete ich die Aktion aus der Ferne. Stürzenbecher saß in dem gepanzerten Wagen und hielt per Lautsprecher die Standardrede von den erhobenen Händen, mit denen die Verdächtigen herauszukommen hätten. Die Rede war, genauso wie die beiden folgenden, ultimativer formulierten Wiederholungen, in den Wind gesprochen.

Und so kamen die schwarzgekleideten Jungs mit den schußsicheren Westen zum Einsatz. Es gab einen lauten Doppelknall, als die Vorder- und Hintertür gleichzeitig aufgesprengt wurden. Fünf Minuten später sprach sich unter den nicht unmittelbar Beteiligten herum, daß Knieriem ausgeflogen war.

Nachbarn sagten aus, daß sie Knieriem zuletzt vor zwei Tagen gesehen hatten, zusammen mit einer großen, gutaussehenden und teuer gekleideten Blondine. Eine Nachbarin meinte, gehört zu haben, daß Knieriem sie Ann-Christine genannt hatte.

Fotos oder andere hinweisgebende Schriftstücke fanden sich im Haus nicht. Zudem war die Inneneinrichtung gründlich gereinigt worden, so daß nur wenige, für eine Identifizierung unzureichende Bruchstücke von Fingerabdrücken gesichert werden konnten. Der Mann, der vermutlich Koslowski auf dem Gewissen hatte, war nicht Hals über Kopf geflohen, sondern gut vorbereitet abgetaucht. Ein eiskalter Profi.

Knieriem hieß natürlich auch nicht Knieriem. Aber das war, nachdem er in Brüssel als Norbert Schliemann operiert und auch in London und an anderen Orten jeweils verschiedene Namen verwendet hatte, nicht weiter verwunderlich.

»Ein verdammter Schweinehund«, sagte Stürzenbecher, als wir zwei Stunden später nach Münster zurückfuhren. »Aber wir kriegen ihn. Auch so ein Profi macht irgendwann einen Fehler.«

»Der Satz kommt mir irgendwie bekannt vor«, bemerkte ich.

»Was willst du? Wir sind ein gutes Stück weitergekommen.«

»Nicht unbedingt das Verdienst der münsterschen Kripo«, meckerte ich.

Der Hauptkommissar schnaubte. »Die Leute, die Koslowskis Wagen durchsucht haben, mache ich zur Schnecke. Aber solche Pannen passieren. Wir sind eben eine Behörde.« Er bewegte nachdenklich den Kopf. »Ich frage mich nur, wie Knieriem es geschafft hat, Koslowski in die Rieselfelder zu locken.«

Ich schwieg.

Stürzenbecher lachte leise. »Oder glaubst du an UFOs?«

Das brachte mich auf Sandra Nebel und unser verunglücktes Telefongespräch vom Sonntag. Seitdem hatte ich nichts mehr von ihr gehört.

Auch an diesem Abend blieb das Telefon still. Gegen zweiundzwanzig Uhr sagte ich mir, daß das Leben zu kurz sei, um es mit Warten zu verbringen. Ich wählte Sandras Nummer. Nach dem fünften Klingeln meldete sich ihr Anrufbeantworter. Zuerst kamen ein paar Takte Musik, dann sagte er mit Sandras fröhlicher Stimme, einer Stimme, der man keinerlei Kontakte mit großen und kleinen außerirdischen Wesen anhörte: »Ich bin nicht zu Hause oder habe keine Lust, ans Telefon zu gehen. Aber Sie können mir eine Nachricht auf Band sprechen. Ich rufe Sie dann zurück. Versprochen.«

Ich räusperte mich. »Hallo, Sandra! Hier ist Georg. Verzeih mir, daß ich gegen unsere Abmachung verstoße. In der Zwischenzeit ist sehr viel passiert. Ich muß dir unbedingt davon erzählen. Außerdem frage ich mich, ob es dir gut geht. Bitte ruf mich an! Zu jeder Tages- oder Nachtzeit.«

Sie rief nicht zurück.

Am nächsten Morgen schrieb ich eine neue Rechnung für Hubert Disselbeck. Da die erste inzwischen eingegangen sein mußte, wollte ich die zweite, preislich nach oben korrigierte, persönlich übergeben. Disselbecks Chefsekretärin, die nicht mit Wallhorsts Chefsekretärin identisch war, verriet mir, daß sich der Seniorchef des Unternehmens nicht im Hause befinde, sondern eine Baustelle am Kolde-Ring besichtige.

Im Baugebiet zwischen Kolde-Ring und Weseler Straße wurden gerade einige klotzige Neubauten hochgezogen, mit denen Münster gegen seinen Ruf als Stadt der Flachbauten ankämpfte. Ich parkte zwischen Bauhütten und Baustoffhalden und fand Disselbeck im fünften Stockwerk eines Hochhaus-Rohbaus, umgeben von einer Männergruppe, die zur Hälfte aus Anzugträgern und zur anderen Hälfte aus wetterfest gekleideten Bauleuten bestand. Disselbeck redete fast ununterbrochen, während sich die übrigen mit begeistertem Kopfnicken und enthusiastisch vorgebrachter Zustimmung begnügten.

Ich schloß mich der Korona an, die sich vom fünften ins sechste Stockwerk der Betonwüste vorarbeitete.

Nachdem ich eine Menge unverständlicher Fachausdrücke gehört hatte, fiel Disselbecks Blick zufällig auf mich.

»Ah, der Herr Wilsberg! Was machen Sie denn hier?«

»Könnte ich Sie kurz unter vier Augen sprechen?«

Die Männergruppe musterte mich empört. Wie konnte ich es wagen, ein solches Privileg öffentlich zu verlangen.

Disselbeck gab ein joviales Feldherrnlachen von sich. »Wenn Sie gute Nachrichten für mich haben. Meine Herren, würden Sie bitte schon einmal vorgehen!«

Die Lohnlistensklaven entfernten sich fügsam.

»Nun, Wilsberg, was gibt es so Dringendes?«

Ich zog die neue Rechnung aus der Tasche. »Das ist die korrigierte Abschlußrechnung für unsere Ermittlungen. Die Fassung, die ich Ihnen vorgestern geschickt habe, können Sie vernichten.«

Disselbeck hob eine graumelierte Augenbraue und warf einen Blick auf die Rechnung. Der Baulöwe bemühte sich redlich, die Tatsache zu verschleiern, daß er bereits vor längerer Zeit den fünfzigsten Geburtstag gefeiert hatte. Sein Friseur leistete ganze Arbeit, dem Kopfhaar eine standesgemäße Fülle zu verleihen, und was die Gesichtsfarbe anging, kauften Wallhorst und Disselbeck anscheinend den gleichen Braunton.

»In den letzten zwei Tagen haben sich neue, belastende Beweismittel gegen Wallhorst ergeben«, erläuterte ich. »Damit hat mein Detetektivbüro den von Ihnen gestellten Auftrag erfüllt. Das war in der ersten Rechnung noch nicht ausreichend berücksichtigt.«

»Ist das ein Witz? Der Preis hat sich ja nahezu verdoppelt.« Der Mann konnte Rechnungen lesen, das mußte man ihm lassen.

»Ich habe die Erfolgsprämie hinzugeschlagen«, erklärte ich. »Mein Partner hat vor seinem Tod ein Gespräch zwischen Wallhorst und einem unter verschiedenen Namen operierenden Mann aufgenommen. Die Kassette mit dem Gespräch ist erst gestern gefunden worden. Aus der Aufnahme ergibt sich, daß Wallhorst und sein Mittäter einige Subunternehmer der Firma *Disselbeck & Wallhorst* erpreßt und das erpreßte Geld unter sich aufgeteilt haben. Näheres können Sie dem beigefügten Bericht entnehmen.«

»Ich habe mitbekommen, daß die Polizei da war.« Der Baulöwe zeigte mir sein gut geschnittenes Profil. »Wallhorst, dieses Weichei, hat sich sofort verkrümelt. Hatte wohl Angst, daß ich ihn zur Rede stellen würde. Warum haben sie ihn nicht verhaftet?«

»Das kann noch kommen«, mutmaßte ich. »Auf jeden Fall haben Sie genügend Material, um Wallhorst aus der Firma zu kicken. Er hat sich eindeutig geschäftsschädigend verhalten.«

»Sie sagten etwas von einer Aufnahme. Kann ich eine Kopie davon haben?«

»Die Kassette ist Beweismaterial. Ich bekomme sie erst zurück, wenn das Ermittlungs- und das Gerichtsverfahren abgeschlossen sind.«

»Wann wird das sein?«

»In zwei bis drei Jahren, schätze ich.«

Disselbeck hob die Rechnung und betrachtete sie mit zusammengekniffenen Augen. Man hätte annehmen können, er läse ein unsittliches Werbeangebot.

»Einigen wir uns auf die Hälfte der Erfolgsprämie. Ist das ein Angebot, Wilsberg?«

Ich spürte, wie mich die kalte Wut überkam. »Mein Partner ist in Erledigung Ihres Auftrags ermordet worden, Herr Disselbeck. Ich feilsche nicht.«

»Na gut.« Er lachte gekünstelt. »War nur ein Versuch. Ich bezahle Ihre Rechnung. Ich bin schließlich ein sozialer Mensch, nicht wahr.«

Dabei gab er mir einen Klaps auf die Schulter. Bevor ich zurückschlagen konnte, war er aus meiner Reichweite entwichen.

Auf dem Rückweg fuhr ich bei Franka und Mark-Stefan vorbei. Die beiden saßen in der Küche, es roch nach dicker Luft.

»Na, wie hast du die Entführung überstanden?« fragte ich munter.

»Ach, war doch halb so schlimm«, tat sie großspurig.

Ich erzählte ihnen von der vergeblichen Erstürmung des Hauses in Drensteinfurt.

»Schade, daß ich den Typen nicht gesehen habe, der mich niedergeschlagen hat«, meinte Franka.

»Sei froh, daß du ihn nicht gesehen hast. Wer weiß, was er mit dir angestellt hätte.«

Mark-Stefans Miene wurde immer finsterer.

»Was ist los?« wandte ich mich an ihn.

»Angernagel«, sagte er nur.

»Franka!« drohte ich. »Du denkst doch nicht ernsthaft daran, noch einmal zu diesem Scharlatan zu fahren?«

»Was wollt ihr eigentlich?« verteidigte sich Franka. »Er hat mir eingeredet, ich wäre in einem UFO gewesen. Okay, das weiß ich jetzt und kann damit umgehen. Ich möchte mehr über Angernagel und seine Methoden herausfinden. Und Corinna Lahrmanns Selbstmord ist auch noch ungeklärt.«

»Vergiß es!« sagte ich. »Mark-Stefan und ich haben genug um dich gezittert. Noch so eine Geschichte, und ich bin akut herzinfarktgefährdet.«

»Was ist eigentlich aus deinem Date mit der anderen Zeugin geworden?«

»Die ist nicht bereit, gegen Angernagel auszusagen«, gab ich kleinlaut zu. »Ich muß das akzeptieren. Sie ist psychisch labil und fürchtet eine öffentliche Diskussion.«

»Dann kommt der Arsch also ungeschoren davon?«

»Vorläufig«, beschwichtigte ich. »Ich werde mir was einfallen lassen.«

Franka machte ein trotziges Gesicht.

»Wenn du nicht versprichst, dich von Angernagel fernzuhalten, werde ich ihn anrufen und über dich aufklären.«

»Ich verspreche es«, knirschte Franka.

Kaum hatte ich die Wohnungstür geöffnet, klingelte das Bürotelefon.

Ich hechtete zum Schreibtisch. »Ja?«

»Pfefferhorst«, sagte eine mürrische Männerstimme. »Ich möchte mal wissen, was Sie in meinem Fall unternommen haben.«

André, schoß es mir siedendheiß durch den Kopf. Den hatte ich glatt vergessen.

»Viel, Herr Pfefferhorst. In den letzten Tagen habe ich hauptsächlich Hintergrundrecherchen betrieben. Es verdichten sich Verdachtsmomente, die auf eine bestimmte Person hinweisen.«

»Und wer ist es?«

»Leider darf ich Ihnen noch keine Namen nennen. Sehen Sie, als Privatdetektiv unterliege ich einer ähnlichen Schweigepflicht wie Ärzte oder Priester.«

»Ich werde mir Ihre Rechnung genau ansehen, Herr Wilsberg.«

»Das ist Ihr gutes Recht, Herr Pfefferhorst.«

»Ich bin nämlich nicht bereit, für Leistungen zu zahlen, die nicht erbracht wurden. Das kenne ich schon von den Elektrikern.«

»Das ist aber ein harscher Vorwurf, Herr Pfefferhorst. Und völlig ungerechtfertigt.«

»Gestern abend war es wieder soweit. Ich schalte den Fernseher ein – und was höre ich? Eine Polizeisirene.«

»Das muß sehr unangenehm für Sie gewesen sein.«

»Ich habe den Kaffee auf, Herr Wilsberg. Bringen Sie den Kerl zur Strecke, und zwar bald!«

Ich versprach, den Fall in ein, spätestens zwei Tagen zum Abschluß zu führen.

»Hoffentlich!« brummelte Pfefferhorst zum Abschied.

Dann rief ich Sandra Nebel an. Wieder redete nur ihr Anrufbeantworter.

XII

Ich stand vor dem Haus in der Sophienstraße und drückte zum vierten Mal auf die Klingel. Sandra wollte nicht öffnen oder war an der Uni oder einkaufen oder zu einem Kurzurlaub auf Alpha Centauri. Ich schaute auf die Uhr. André würde mir erneut durch die Lappen gehen. Ein bißchen schlechtes Gewissen hatte ich schon, daß sich Herr Pfefferhorst einen weiteren Abend mit unerklärlichen Phänomenen herumplagen mußte, aber auf meiner Prioritätenliste stand er nicht ganz oben. Sein Pech.

Ich drückte einen anderen Klingelknopf. Nach meiner Berechnung mußte er zu einer Wohnung gehören, die auf der selben Etage lag wie Sandra Nebels UFO-Basis. Die Haustür sprang auf.

Ein älterer Mann mit schlechtsitzender Perücke erwartete mich am Treppengeländer. Ohne Haarteil hätte er die Chance gehabt, Kapitän Jean Picard zu ähneln, so aber sah er einfach nur aus wie der große Bruder von Elton John.

»Guten Tag«, sagte ich höflich. »Vielleicht können Sie mir weiterhelfen. Ich bin ein Freund von Sandra Nebel. Seit Tagen versuche ich, sie zu erreichen.«

»So schnell kommt die bestimmt nicht zurück«, sagte der Mann.

Ich bekam einen Schreck. »Ist ihr etwas zugestoßen?«

Er tippte sich an die durch die Perücke noch niedriger gewordene Stirn. »Da oben ist ihr etwas zugestoßen. Die Nebel war schon immer ein bißchen komisch. Aber letzte Nacht ist sie völlig durchgedreht.«

»Und was ...«, meine Stimme versagte, »... genau ...«

»Also, mitten in der Nacht sind wir aufgewacht. Das heißt, meine Frau hat's zuerst gehört und mich aufgeweckt. Schreit die Nebel doch im Treppenhaus: Laßt mich in Ruhe! Ich will nicht mitkommen. Ich denk, mein Gott, was ist denn da los, und steh auf. Da war sie schon aus dem Haus gerannt. Ich hab sie vom Fenster aus gesehen, sie war fast nackt, hatte nur eine Unterhose und ein Unterhemd an. Stellen Sie sich mal vor, mit einer Unterhose auf der Straße. Wie peinlich! Und das bei *den* Temperaturen.«

»Ja«, sagte ich. »Und dann?«

»Na, ich mach das Fenster auf und ruf runter: Fräulein Nebel, kann ich Ihnen helfen? Die wollen mich mitnehmen, schreit sie zurück. Ja, wer denn? frage ich. Ist jemand in Ihrer Wohnung? Mir war natürlich klar, daß sie sich das nur einbildete. Die hatte einen Koller oder sowas. Gehen Sie wieder in Ihre Wohnung! rufe ich. Ich schau nach, ob da jemand ist. Aber sie wollte partout auf der Straße bleiben.«

Ich stöhnte. »Und?«

»Andere Leute standen auch am Fenster und haben das mitgekriegt. Und einer von denen muß wohl die Polizei angerufen haben. Nach fünf Minuten kam eine Streife. Die haben mit der Nebel verhandelt und sie dann in den Streifenwagen gepackt. Ich schätze, die haben sie in der Klapsmühle abgeliefert.«

Erste Ablieferungsadresse für *verwirrte Personen,* wie es im Amtsdeutsch hieß, war die *Westfälische Klinik für Psychiatrie* im Norden der Stadt, von den Einheimischen schlicht Marienthal genannt. Der Name hatte, wie so vieles andere in Münster, eine katholische Geschichte. Während des Kulturkampfs im neunzehnten Jahrhundert verboten die preußischen Behörden den Schwestern vom Heiligsten Herzen Jesu, ihr Mädchenpensionat im Kloster Marienthal weiterzuführen. Doch die findigen Schwestern ließen nicht von der Nächstenliebe ab, kauften ein großes Gut am nördlichen Stadtrand und machten daraus eine Klinik.

Ich stellte den Wagen auf dem Besucherparkplatz ab und betrat das parkähnliche, fast menschenleere Gelände. Zweistöckige, in optimistischen Pastellfarben gestrichene Häuser standen links und rechts der Wege, und es war sicher als Intelligenztest gedacht, hier jemanden ausfindig zu machen.

Nach mehreren Fehlversuchen entdeckte ich schließlich das richtige Haus und auch eine Doktor Paulus, die sich bereit erklärte, mit mir über Sandra Nebel zu sprechen.

»Sind Sie der Ehemann oder Lebensgefährte von Frau Nebel?«

»Weder noch. Ich bin ein Bekannter. Aber ich weiß von Sandras Problemen mit den Außerirdischen.«

»Sie schläft im Moment«, sagte Doktor Paulus, eine großgewachsene Frau mit strenggeschliffenen Brillengläsern. »Wir haben ihr ein Beruhigungsmittel gegeben.«

»Und wie geht es ihr?«

»Den Umständen entsprechend. Mehr kann ich Ihnen wirklich nicht sagen. Ich halte es auch für das Vernünftigste, wenn Frau Nebel in den nächsten Tagen keinen Besuch empfängt. Sie muß sich erst wieder einigermaßen zurechtfinden. Jede Aufregung sollte vermieden werden.«

»Verstehe«, sagte ich enttäuscht. »Haben Sie eigentlich Erfahrung mit Entführungen durch Außerirdische, ich meine, in Ihrer Klinik?«

Paulus deutete ein Nicken an. »Eine neue Hysterie, die aus den USA herüberkommt. Dort gibt es bereits Tausende von Fällen, in Deutschland sind die Symptome noch relativ unbekannt. Obwohl das Wort Hysterie ja aus der Mode gekommen ist. Heutzutage bevorzugt man Bezeichnungen wie Chronisches Müdigkeitssyndrom oder Multiple Persönlichkeit. Mit den guten alten Lähmungserscheinungen, die Freud behandelt hat, gibt sich niemand mehr zufrieden.« Ein Lächeln flackerte auf. »Außer in Ländern, in denen die Psychoanalyse so gut wie unbekannt ist. Übrigens hat C. G. Jung schon 1959 das UFO-Phänomen psychoanalytisch gedeutet. Er hielt es für ein frühes Anzeichen der bevorstehenden Jahrtausendwende. Sollte er Recht behalten, und einiges spricht dafür, werden sich die Außerirdischen-Entführungen in den nächsten Jahren epidemisch ausbreiten.«

»Und was steckt dahinter?« fragte ich. »Ich kenne noch einen zweiten Fall, in dem Außerirdische eine Rolle spielen.« Doktor Paulus hörte aufmerksam zu, als ich den Selbstmord von Corinna Lahrmann erwähnte. »Wieso glauben intelligente Menschen einen solchen Blödsinn?«

»Konkret darf oder kann ich zu den beiden Fällen nichts sagen«, erwiderte Paulus kühl. »Aber generell gilt: Die meisten Menschen kommen besser damit klar, wenn sie die Ursache für ihre Ängste, ihre Beklemmungen, ihr Unglücklichsein nicht in sich selbst suchen müssen, sondern dafür eine äußere Bedrohung oder eine allgemein anerkannte Krankheit verantwortlich machen können. Und fällt es heutzutage nicht leichter, an Außerirdische und UFOs zu glauben, als an Gott, den Teufel und die himmlischen Heerscharen? Mit anderen Worten: Der UFO-Glaube trägt Züge einer Ersatzreligion. Daß hauptsächlich Frauen von den Außerirdischen entführt werden, steht wiederum auf einem anderen Blatt. Seit jeher gilt Hysterie als weibliche Krankheit. Man kann sie als Ausdruck der Benachteiligung von Frauen in der Gesellschaft ansehen. Aber ich will Sie nicht mit einem feministischen Vortrag langweilen.«

»Das tun Sie keineswegs«, versicherte ich.

»Na schön.« Doktor Paulus fand sichtlich Gefallen an ihren Ausführungen. »Die große hysterische Welle Ende des neunzehnten Jahrhunderts, die auch Freud inspirierte, fand statt, als Frauen, trotz zunehmender Bildung, der Zugang zu den meisten Berufen verwehrt wurde. Gerade die gebildeteren Frauen fühlten sich in ihrer Rolle als Hausfrau und Mutter unterfordert. Sie flüchteten sich in Krankheitssymptome, um wenigstens als Patientinnen ernst genommen zu werden. Daran hat sich bis heute wenig geändert. Männer können ihre Ängste im Beruf und in Männergruppen abreagieren, Frauen haben dem nichts Vergleichbares entgegenzusetzen. Ganz abgesehen davon, daß vielen bizarren Krankheitsbildern oft ganz reale Verletzungen, wie zum Beispiel sexueller Mißbrauch, zugrunde liegen.«

»Wenn ich Sie richtig verstehe«, gab ich mich lernwillig, »folgen die Hysterien dem Zeitgeist?«

»Ja. Der Hexenglaube im ausgehenden Mittelalter war eine gewaltige hysterische Epidemie. Für Charcot, der im neunzehnten Jahrhundert an der Pariser Salpêtrière lehrte, entwickelten die Frauen hysterische Anfälle, für Freud Lähmungserscheinungen. Und heute lassen sie sich von Außerirdischen in Raumschiffe entführen. Bestimmte Symptome breiteten sich im Umfeld berühmter, charismatischer Ärzte wie ansteckende Krankheiten aus. Man könnte fast sagen, Patientinnen entwickelten Krankheitsbilder, um ihren männlichen Therapeuten zu gefallen.«

»Corinna Lahrmann und Sandra Nebel waren bei Friedhelm Angernagel in Behandlung.«

Paulus verdrehte die Augen. »Das habe ich mir fast gedacht. Frau Nebel ist nicht die erste Patientin von

Angernagel, die hier gelandet ist. Der Mann arbeitet mit haarsträubenden Methoden, gelinde gesagt.«

»Und warum unternehmen Sie nichts gegen ihn? Kann man nicht verhindern, daß er seinen Beruf, oder was immer das ist, was er tut, weiter ausübt?«

»Das ist gar nicht so einfach. Sehen Sie, die Bezeichnung Therapeut ist nicht geschützt. Im Grunde kann sich jeder Therapeut nennen. Dazu ist weder ein Hochschulabschluß noch gesunder Menschenverstand notwendig. Angernagel hat sogar einen akademischen Grad in Psychologie. Er hat ihn in Thailand erworben, ich vermute mal, für ein paar tausend Dollar. Die einzige Chance, ihn zu stoppen, besteht darin, daß ihn Patienten anzeigen. Aber die Beweisführung vor Gericht ist in solchen Fällen äußerst schwierig, schließlich findet das Therapiegespräch ohne Zeugen statt. Und welcher Gutachter will entscheiden, ob bestimmte psychische Probleme erst durch die sogenannte Behandlung hervorgerufen wurden?«

Ich dachte an Sandra. »Wie groß ist die Wahrscheinlichkeit, daß sie wieder gesund wird?«

Doktor Paulus lächelte. »Ihr Versuch ist ehrenwert. Trotzdem lasse ich mir keine Diagnose entlocken. Und letztlich ist geistige Normalität eine sehr relative Größe. Im wesentlichen helfen wir unseren Patienten nur, mit den Anforderungen des täglichen Lebens zurechtzukommen. Wir müssen Frau Nebel nicht davon überzeugen, daß es keine Außerirdischen gibt. Wenn sie lernt, mit den Außerirdischen umzugehen, kann sie auch ihr eigenes Leben meistern.«

»Wann, sagten Sie, kann ich Sandra besuchen?«

Paulus wirkte wesentlich aufgeschlossener als zu Beginn unseres Gespräches. »Kommen Sie morgen noch einmal vorbei! Vielleicht ist Frau Nebel dann schon ansprechbar.«

»Würden Sie ihr liebe Grüße von mir bestellen?«

»Und wie ist Ihr Name?«

»Georg Wilsberg.«

»Der Privatdetektiv?«

»Sie haben von mir gehört?«

»Christoph Wallhorst ist ein Cousin von mir.«

»Oh.«

»Das schwarze Schaf der Familie.«

Dem hatte ich nichts hinzuzufügen.

Ich hatte es die ganze Zeit vor mir hergeschoben, aber jetzt war ich in der richtigen Stimmung dazu. Die Wut, die sich in mir aufgestaut hatte, suchte ein Objekt. Ich wollte ihn und Angernagel sollte mich kennenlernen. Vielleicht würde es für uns beide eine Begegnung der vierten Art werden.

Diesmal parkte ich direkt vor dem weißen Haus in Nienberge-Häger. Ich stieß das Gartentor auf, marschierte durch den kleinen, verwilderten Garten und drückte mit dem ausgestreckten Zeigefinger auf eine überdimensionale Klingel.

Prompt sprang die Haustür auf, und ich stand, nachdem ich an eine Seitentür mit der Aufschrift *Praxis* geklopft hatte, in einem kleinen Büroraum. Der Anblick einer älteren Frau in einer gestärkten weißen Bluse ernüchterte mich etwas. Die Frau blickte mich durch eine Sekretärinnenbrille an.

»Sie wünschen?«

»Ich möchte mit Herrn Angernagel sprechen.«

»Haben Sie einen Termin?«

»Nein. Mein Name ist Wilsberg. Privatdetektiv. Sagen Sie Angernagel, daß ich ein Freund von Sandra Nebel bin, daß Franka Holtgreve für mich arbeitet und mir außerdem das Schicksal von Corinna Lahrmann gut bekannt ist!«

Was sie hörte, schien ihr nicht zu gefallen, doch sie bequemte sich, ihren fülligen Körper quer durch den Raum zu tragen und hinter einer gepolsterten Tür verschwinden zu lassen.

Zwei Minuten später kam sie zurück und hielt die Tür auf. »Herr Angernagel erwartet Sie.«

Angernagel war ein großer, fast magerer Mensch mit einem zerknitterten Gesicht und schmutzig-grauen Haarsträhnen, die dekorativ auf der Kopfhaut verteilt waren. Sein Oberkörper pendelte leicht nach vorne, als hätten die Muskeln Schwierigkeiten, die oberen Körperregionen aufrecht zu halten. Die zugeknöpfte Strickjacke, die ich schon neulich gesehen hatte, war anscheinend sein Markenzeichen. Wäßrig helle Augen starrten mich mit kindlicher Neugierde an.

»Ich habe mir schon gedacht, daß Sie kommen. Peter Hofknecht hat mir erzählt, daß Sie hinter dem Selbstmord von Corinna Lahrmann ein Geheimnis wittern.« Er artikulierte sehr deutlich und mit einem gewissen Knödeln in der Stimme, als hätte er einen Olivenkern im Mund, ähnlich wie ehemalige Fußballstars, die geistvolle Kommentare zu den Darbietungen der Nationalmannschaft abgeben sollen.

»Ja. Und sicher interessiert es Sie auch, daß Sandra Nebel heute nacht in eine Psychiatrische Klinik eingeliefert worden ist. Der Außerirdischen-Scheiß, den Sie ihr eingetrichtert haben, hat bei ihr zu einem Panik-Anfall geführt.«

»Oh. Das bedauere ich zutiefst.« Seine Lippen kräuselten sich zu einem gekränkten Lächeln. »Den kausalen Zusammenhang, den Sie herstellen, muß ich allerdings zurückweisen. Frau Nebel hat die Behandlung bei mir abgebrochen. Ich habe sie vor den psychischen Belastungen, zu denen das führen kann, gewarnt. Aber sie wollte meine Hilfe nicht länger in Anspruch nehmen.«

»Hilfe? Nennen Sie das etwa Hilfe, was Sie machen?« schnauzte ich ihn an. »Sie suggerieren den Leuten, die mit psychischen Problemen zu Ihnen kommen, daß Raumschiffe um die Erde kreisen und irgendwelche Aliens Menschen entführen, um sexuelle Experimente mit ihnen anzustellen.«

Er wackelte energisch mit dem Kopf. »Nein, nein, Herr Wilsberg. Das sehen Sie völlig falsch. Ich helfe meinen Patienten, ihre Entführungs-Erlebnisse zu verarbeiten. Die Entführungen selbst sind der Grund für die Probleme, die die Patienten haben. Die Entführungen sind teilweise unangenehm, auch schmerzhaft. Sie können zu Ängsten, Alpträumen, ja, im Extremfall sogar zu psychotischen Zuständen führen. Meine Aufgabe besteht darin, die Erinnerung an die Entführungen aufzudecken. Das ist der erste Schritt für die Betroffenen, kompetent und verantwortungsbewußt mit ihrem Erlebnis umzugehen. Denn auf der anderen Seite ist es eine große Gnade, in Kontakt mit einer der Menschheit weit überlegenen Intelligenz zu kommen.«

Mein Puls raste. »Sie behaupten ernsthaft, daß es Außerirdische gibt? Und Sie wagen, diesen Schwachsinn als Therapie zu verkaufen?«

»Selbstverständlich, Herr Wilsberg. Es gibt Tausende, Zehntausende von Berichten über Entführungen. Menschen auf der ganzen Welt, die sich untereinander nicht kennen, haben ähnliche Erlebnisse zu Protokoll gegeben. Das ist ein eindeutiger empirischer Beweis für die Realität der Kontakte. In den USA, wo die Entführungs-Forschung viel weiter fortgeschritten ist als bei uns, hat John E. Mack, ein Professor für Psychiatrie an der renommierten Harvard Medical School, die Entführungen systematisch untersucht, und David M. Jacobs, ein Historiker, hat aufgrund seiner vielfältigen Erfahrungen ein Diagramm ...«

»Hören Sie auf mit dem Gelaber!« fuhr ich ihn an. »Ihre sogenannten Experten interessieren mich einen Dreck. Die benutzen sich gegenseitig als Zeugen, bis sie selbst daran glauben, daß sie ein grünes Männchen im Badezimmer haben.«

»Das ist der Standpunkt eines Ignoranten«, sagte Angernagel pikiert.

»Ein Doktortitel vor dem Namen bedeutet nicht, daß sein Träger ein Leben lang klar denken kann. Sobald ein Raumschiff auf dem Potsdamer Platz gelandet ist, werde ich Sie nicht mehr für einen Spinner halten. Aber bis dahin ...«

»Das ist es ja gerade«, fiel er mir ins Wort. »Die Außerirdischen sind doch gar nicht an Öffentlichkeit interessiert. Sie wollen nicht mit uns kommunizieren, wahrscheinlich, weil wir viel zu rückständig sind. Sie verfolgen andere Pläne. Nebenbei, weil Sie wegen Sandra Nebel so aufgebracht sind: Sie kam als *experiencer* zu mir.«

»Als was?«

»Als jemand, der *die Erfahrung* gemacht hat. Sie *wußte*, daß sie von Außerirdischen entführt worden war. Ich habe es ihr nicht, wie Sie anscheinend vermuten, eingeredet.«

»Und wie war das bei Franka Holtgreve, meiner Assistentin? Franka hatte keinerlei Erinnerung an fremde Wesen, *bevor* sie von Ihnen hypnotisiert wurde.«

Angernagel nickte großzügig. »Da lag der Fall in der Tat anders. Es erforderte allerdings keine große Anstrengung, um die Tarnerinnerung zu durchbrechen. Sehen Sie, Herr Wilsberg, in der Regel hinterlassen die Außerirdischen Tarnerinnerungen, um die Entführungen zu verschleiern.«

»Und mit welcher Tarnerinnerung ist Corinna Lahrmann zu Ihnen gekommen?«

Angernagel blinzelte. »Ich weiß nicht, ob ich Ihnen das sagen darf.«

»Blödsinn. Corinna Lahrmann ist tot. Ihre Entführungen sind Geschichte, ein Beispiel mehr für die Wissenschaft.«

»Corinna Lahrmann kam mit der Erinnerung an ein Mißbrauchs-Erlebnis in ihrer Kindheit. Aber bitte! Das ist nicht ungewöhnlich. Eine sehr beliebte Tarnerinnerung der Außerirdischen. Die sexuellen Experimente, die die Großen Wesen im Raumschiff durchführen, können ähnliche Gefühle wie der sexuelle Mißbrauch auslösen: das Gefühl des Ausgeliefertseins, der Erniedrigung. Und da liegt es nahe ...«

Ich trat einen Schritt näher an ihn heran. »Haben Sie mal daran gedacht, daß die Erinnerung real war? Daß Corinna tatsächlich in ihrer Kindheit ein furchtbares Erlebnis mit einem *Menschen* hatte?«

Er schüttelte den Kopf. »Das wäre zu banal.«

Meine linke Hand schnellte vor und packte seine Strickjacke. Ich zitterte vor Wut.

»Sie sind ein Arschloch, Angernagel. Sie haben Corinnas Tod auf dem Gewissen. Vielleicht nicht allein, andere waren auch beteiligt. Aber Sie haben sich mitschuldig gemacht.«

Er grinste schief. »Das ist doch lächerlich.«

Ich schlug zu. Es war nicht geplant, ich verlor einfach die Kontrolle.

Angernagel taumelte zwei Schritte zurück und wischte sich mit dem Handrücken über die aufgeplatzte Lippe. Ein paar Blutstropfen versickerten in der Strickjacke.

»Fühlen Sie sich jetzt besser, Herr Wilsberg?«

Er gefiel sich in der Opferrolle. Ich hielt die Luft an und wartete darauf, daß die Blitze vor meinen Augen verschwanden. Ich durfte nicht durchdrehen.

Angernagel zog ein Taschentuch aus der Hosentasche und betupfte seine Lippe.

»Schlagen Sie mich ruhig! Die Wahrheit läßt sich nicht erschlagen. Es ist das Schicksal großer Forscher, in ihrer kleingeistigen Umwelt auf Unverständnis und Aggressionen zu stoßen. Wie sagte doch Galileo Galilei, nachdem ihn der Vatikan gezwungen hatte, zu widerrufen: *Und sie dreht sich doch.*«

Der Vergleich war nicht dazu angetan, mich zu beruhigen. Am liebsten hätte ich ihm noch eine gescheuert.

In diesem Moment sprang die Tür auf, und Peter Hofknecht stand im Rahmen.

»Herr Angernagel! Sie sind ja verletzt.« Er drehte sich zu mir und nahm eine drohende Haltung ein. »Sie schon wieder! Na los! Legen Sie sich doch mit mir an! Ohne Ihren großen Freund haben Sie wohl keinen Mut, wie?«

»Nicht doch, Peter!« befahl Angernagel mit scheinheiliger Stimme. »Wir stellen uns nicht auf eine Stufe mit Leuten wie Herrn Wilsberg. Solch primitiven Schlägern tut man damit nur einen Gefallen.«

Auf steifen Beinen stakste ich zur Tür. Ich hatte einen salzigen Geschmack im Mund. Mit einer Stimme, die ich selbst nicht erkannte, fauchte ich Hofknecht an: »Aus dem Weg!«

Lieber wäre es mir gewesen, er hätte die Anweisung nicht befolgt. Dann hätte ich ihn gegen einen Schrank stoßen können. Aber er wollte einem primitiven Schläger wie mir keinen Gefallen erweisen.

Ich steckte mir einen Zigarillo an und blieb fünf Minuten fast regungslos im Auto sitzen. Es gab keinen Grund, auf mich stolz zu sein. Ich hatte mich wie ein Idiot benommen. Hofknecht würde dafür sorgen, daß sich der Zwischenfall schnell unter Angernagels Jüngern herumsprach. Hatten sie in dem Pseudo-Therapeuten bislang einen Guru gesehen, so würde er in Zukunft Märtyrerstatus genießen. Und was hatte ich erreicht? Nichts, absolut nichts.

Ich startete den Motor und fuhr los. Um auf dem kürzesten Weg nach Münster zurückzukehren, hätte ich wenden müssen. Aber ich folgte einfach der kurvigen Straße, die durch so unbedeutende Käffer wie Uhlenbrock und Hansell führte. Im Moment konnte ich weder mich noch mein leeres Büro ertragen.

Erst kurz vor Greven, beim Landgasthaus Vosskotten, bog ich nach Münster ab. Die Kanalstraße verlief schnurgerade entlang des alten Max-Clemens-Kanals. Während ich dumpf vor mich hinbrütete, achtete ich nicht auf die wenigen Autos, die mir entgegenkamen. Und auch den grünen Wagen, der mich überholte, sah ich erst, als er sich schon auf einer Höhe mit meinem Alfa befand. Viel zu spät begriff ich, *wem* das Auto gehörte.

Der Fahrer starrte mich wütend an, bevor er heftig am Lenkrad riß. Der Aufprall traf mich unvorbereitet, ich konnte den Alfa nicht auf der Straße halten. Ein paar Büsche und Sträucher stellten sich mir in den Weg. Ich versuchte gegenzusteuern, aber die Räder auf der rechten Seite hatten die Bodenhaftung verloren. Der Wagen kippte und kippte. Im Zeitlupentempo landete ich im Graben.

Wenn ich nicht an meine Kindheit und meine verflossenen Liebschaften denke, dachte ich, werde ich auch nicht sterben. Dann knallte es.

XIII

»Georg, geht's dir gut?«

Verdammt, ich mußte gestern nacht erheblich über den Durst getrunken haben. Einen solchen Kater hatte ich schon lange nicht mehr gehabt. Nach den Kopfschmerzen und dem Taubheitsgefühl in etlichen anderen Körpergliedern zu urteilen, war es zudem ein verflucht übles Zeug gewesen. Obwohl ich mich überhaupt nicht erinnern konnte ...

Außerdem war irgend etwas mit meinem Bett geschehen. Es hatte eine merkwürdige Schräglage. Ich hing mit den Füßen und mit dem Kopf nach unten, eigentlich nicht meine normale Schlafposition.

»Georg, bist du verletzt?«

Mir geht es ausgezeichnet, danke der Nachfrage, wollte ich selbstbewußt antworten, aber es kam kein einziger Ton heraus. Langsam keimte in mir der Verdacht, daß etwas nicht stimmte. Vielleicht hatte ich mich doch nicht betrunken, vielleicht lag ich gar nicht in meinem Bett. Ich versuchte die Augen zu öffnen. Es war schwierig genug, doch schließlich schaffte ich es. Was ich sah, war so absurd, daß ich beinahe gelacht hätte.

Ich schaute auf ein Fenster, es war eindeutig ein Fenster, wenn auch ein zersplittertes. Aber dahinter war kein Horizont zu sehen, auch keine Menschen, Autos und Häuser, die den Horizont verstellten. Hinter dem Fenster wuchs Gras, büschelweise auf brauner Erde. Einige Grashalme wagten sich keck ins Innere. In welches Innere?

»Georg, nun sag doch was!«

Die Stimme kam mir vertraut vor. Eine Frauenstimme, die ich schon oft gehört hatte. Imke? Nein, dafür war die Stimme zu jung. Franka? Richtig, das war's. Ich beglückwünschte mich zu meiner Entdeckung. Und dann fiel mir plötzlich wieder ein, was passiert war. Ein anderer Wagen hatte mich von der Straße gekitscht. Der Alfa war in den Graben neben der Straße gekippt, und vermutlich lag ich jetzt immer noch im Graben. Das zerbrochene Fenster, die Grasbüschel, meine verdrehte Haltung – alles paßte wunderbar zusammen. Ein zweiter, weitaus finsterer Gedanke tauchte in meinem benebelten Gehirn auf: Der Kerl hatte mich umbringen wollen. Kein Zweifel, wenn es nach dem Fahrer in dem anderen Wagen gegangen wäre, hätte ich das Jahrtausendende nicht mehr erlebt. Dabei hatte ich mir fest vorgenommen, die Silvesterparty 1999 auf Bali oder einer anderen hübschen Südseeinsel zu feiern, ausgestattet mit reichlich Geld und guter Laune.

Eine Hand strich über meine Schulter, betastete meinen Kopf, mein Gesicht.

»Mein Gott, du blutest ja.«

Ich streckte die Zunge aus und leckte etwas von der Flüssigkeit auf, die über mein Gesicht lief. Sie schmeckte salzig.

»Scheiße.«

»Georg, du bist bei Bewußtsein!« frohlockte Franka.

»Natürlich. Was denn sonst?« Es sollte lässig wirken, klang jedoch ziemlich hohl und klapprig. Wahrscheinlich lag das an den teuflischen Kopfschmerzen, die mich plagten.

»Ich hole dich jetzt raus.«

»Warum? Laß mich einfach noch eine halbe Stunde so liegen, bis ich mich erholt habe.«

»Erzähl keinen Unsinn, Georg!« widersprach Franka. »Ich habe im Erste-Hilfe-Kurs gelernt, daß man einen

Verletzten aus dem Auto ziehen muß. Stabile Seitenlage und so. Außerdem, wer weiß, vielleicht explodiert die Karre noch.«

In einem explodierenden Auto zu sitzen war wirklich keine schöne Aussicht. »Okay.«

Ein bunter Haarschopf tauchte vor meinem Gesicht auf, Arme umschlangen mich, gleichzeitig fühlte ich in meinem Nacken zwei typisch weibliche Ausformungen. In Anbetracht der Tatsache, daß sie zu einer jungen und, abgesehen von geschmacklichen Entgleisungen, durchaus hübschen Frau gehörten, hätte die Situation unter anderen Umständen bestimmt einen erotischen Reiz gehabt, aber im Moment war mir viel zu flau, um auch nur an Erotik zu denken.

»Ich öffne jetzt den Gurt. Kannst du dich abstützen?«

»Ich werd's versuchen.«

Es gab einen Ruck, und ich sackte ein Stückchen näher zum zerbrochenen Fenster und den hereinwachsenden Grasbüscheln. Meine Füße waren eingeschlafen oder aus einem anderen Grund nicht voll funktionsfähig, jedenfalls klappte das Abstemmen nicht annähernd so gut, wie ich es mir vorgestellt hatte.

Franka schnaufte. »Ich hätte nicht gedacht, daß du so schwer bist.«

»Was du nicht sagst.«

Immerhin leisteten jetzt auch meine Arme gewisse Hilfsdienste, und in weniger als fünf Minuten schafften wir es gemeinsam, mich aus dem Alfa zu hieven.

Vor Anstrengung keuchend lagen wir nebeneinander im Gras.

Ich spürte Frankas warmen Atem im Gesicht. »Sieht so aus, als hättest du Glück gehabt. Anscheinend ist nichts gebrochen.«

»Was machst du eigentlich hier?« fragte ich.

»Och, ich bin zufällig vorbeigekommen.«

Natürlich. Punkerinnen fahren mit Vorliebe am Max-Clemens-Kanal auf und ab und suchen nach Unfallopfern.

Meinen Kopf abtastend, suchte ich die Quelle des Blutgerinnsels.

Franka erhob sich auf ihre Knie. »Nur eine Schnittwunde. Der Airbag hat dir vermutlich das Leben gerettet.«

Ich hatte schon immer gewußt, daß Luxus nicht schaden kann.

»Paß auf, Georg! Ich fahre jetzt zur nächsten Telefonzelle und hole einen Krankenwagen. Du bleibst ganz still hier liegen und wartest, bis ich zurückkomme. Vielleicht hast du ja innere Verletzungen oder sowas. Versuch auf keinen Fall aufzustehen! Verstanden?«

Ich nahm ihre Hand. »Danke.«

Während ich, wie befohlen, ruhig liegenblieb und die vorbeiziehenden Wolken betrachtete, bewegte ich zu Testzwecken einen Körperteil nach dem anderen. Obwohl ich ein paarmal vor Schmerz fast aufschrie, schien Franka mit ihrer Diagnose recht zu haben: Ich war mit dem Schrecken und einigen leichteren Blessuren davongekommen. Zeit, an Rache zu denken.

Das Schwein, das mich von der Straße geschubst hatte, gehörte mindestens gelyncht. In Frankas Gegenwart durfte ich so etwas natürlich nicht laut sagen – sie hielt Schweine für intelligente und moralisch hochstehende Wesen.

Zuerst kam Franka zurück, kurz darauf traf der Rettungswagen ein. Ein Notarzt untersuchte mich flüchtig und hielt mich für transportfähig, dann wurde ich ins Innere des Krankenwagens verfrachtet. Franka ließ es sich nicht nehmen, die Fahrt zum Krankenhaus an meiner Seite zu verbringen. Zweifellos sorgte sie sich um mein Wohlergehen, und ganz nebenbei war auch ein bißchen Neugier im Spiel.

»Sag mal, Georg, wie ist das passiert? Du bist doch nicht freiwillig in den Graben gefahren, oder?«

Ich erzählte es ihr. Anschließend wurde ich ernst.

»Du hast mich belogen. Du wolltest zu Angernagel, stimmt's?«

Sie guckte aus dem Fenster. »Ja, ich geb's zu.«

»Dann haben wir ja beide Glück gehabt.«

»Wieso?«

»Na, ich, weil ich noch am Leben bin, und du, weil du mich entdeckt hast. Ich habe Angernagel nämlich erzählt, daß du für mich arbeitest.«

Im Krankenhaus drückte ein hartleibiger Arzt auf zahlreiche Stellen meines geschundenen Körpers, dann wurde meine Stirn genäht, bevor ich abschließend eine Ladung Röntgenstrahlen verpaßt bekam. Am Ende stellte sich heraus, was Franka und ich bereits geahnt hatten: Abgesehen von ein paar Prellungen, einer Schnittwunde und einer mittelschweren Gehirnerschütterung ging es mir blendend.

Der Ambulanzarzt verordnete mir drei Tage Krankenhausaufenthalt zur Beobachtung, und ich wurde durch miefige Gänge zu einem deprimierenden Zimmer in einer Station geschoben, in der ein Haufen alter Männer auf dem Flur herumlungerte. Selbstverständlich hatte ich nicht die Absicht, hier drei Tage zu verbringen, doch aus Erfahrung wußte ich, daß eine solche Haltung beim Pflegepersonal schlecht ankam. Deshalb vermied ich jede Diskussion und spielte den in sein Schicksal ergebenen Patienten.

Ein bis zur Geschmacksunkenntlichkeit zerkochtes Essen und einen labbrigen Tee später erschien Hauptkommissar Stürzenbecher. Gleich nach meiner Einlieferung hatte ich Franka beauftragt, sich mit ihm in Verbindung zu setzen.

Stürzenbecher hielt sich nicht lange mit Höflichkeitsfloskeln auf und kam gleich zur Sache: »Hast du den Fahrer des Wagens erkannt, der dich von der Straße gedrängt hat?«

»Ja, es war Peter Hofknecht, der Ex-Freund von Corinna Lahrmann. Das ist die Frau, die sich aus Furcht vor Außerirdischen umgebracht hat. Außerdem ist Hofknecht ein Jünger von Friedhelm Angernagel, du weißt schon, dieser Therapeut, der sich auf Außerirdischen-Entführungen spezialisiert hat.«

»Und du meinst, es war Absicht?«

»Hundert Pro. Wir hatten keinen Gegenverkehr. Und er kann sich auch nicht damit herausreden, daß er Michael Schumacher heißt und mich für Villeneuve gehalten hat.«

»Ist dir klar, daß du eine schwere Anschuldigung erhebst?«

»Vollkommen. Ich möchte, daß er wegen Mordversuchs eingebuchtet wird.«

»Und das Motiv?«

»Zuerst habe ich ihm, dann seinem Guru auf die Füße getreten. Ich schätze, das letztere hat er mir besonders übel genommen.«

»Moment mal«, sann Stürzenbecher, »war Koslowski nicht dabei, als du Hofknecht in die Mangel genommen hast?«

»Ja, aber ich glaube nicht, daß das eine Rolle spielt.«

»Glaube ist kein Kriterium der Polizeiarbeit. Die heutige Aktion macht Hofknecht auch im Fall Koslowski zu einem Tatverdächtigen erster Güte. Zumindest solange, bis wir Knieriem gefaßt haben und der ein Geständnis ablegt.« Stürzenbecher wandte sich zur Tür.

»Keine Sorge, Wilsberg. Ich greife mir das Bürschchen und bereite ihm ein paar nette Stunden im Verhörzimmer. Ich werde an dich denken, wenn ich ihn auf kleiner Flamme grille.«

»Warte!« sagte ich. »Ich komme mit.«

Der Hauptkommissar runzelte die Stirn. »Hat dir der Arzt nicht Bettruhe verordnet?«

»Bist du wahnsinnig? Ich will doch hier nicht krank werden. Nichts fördert meine Genesung mehr, als bei Hofknechts Verhaftung zusehen zu dürfen.«

Mit Stürzenbechers Hilfe legte ich meine arg ramponierte und blutbefleckte Ausgehkleidung an. Und wie nicht anders zu erwarten, platzte eine Krankenschwester in unsere Aufbruchsvorbereitungen. Die Schwester schoß sofort wieder davon, aber nur, um beim Stationsarzt zu petzen.

Nach einem kurzen Wortgefecht, in dem es vordergründig um meine Gesundheit ging, unterschrieb ich einen Wisch, in dem stand, daß ich das Krankenhaus auf eigene Verantwortung und gegen den ärztlichen Rat verlassen würde. Der anschließende Gang durch den Stationsflur entwickelte sich zu einem Spießrutenlauf. Die weißgekleideten Frauen und Männer straften mich mit einer Verachtung, als wäre ich ihr persönlicher Job-Killer. Auswirkungen der dreiundfünfzigsten Novellierung der Gesundheitsreform, die die notleidenden Krankenhäuser zum Kampf um jede Bettenbelegung zwang.

Deshalb war ich doppelt froh, als wir endlich das Krankenhaus hinter uns gelassen hatten und in Stürzenbechers Auto saßen. Denn neben den vorwurfsvollen Blicken bereitete mir auch das Gehen noch erhebliche Mühe.

Abgesehen von einem kurzen Stop vor einer Apotheke, in der der Hauptkommissar für mich eine Schachtel

Aspirin erstand, fuhren wir direkt zu Hofknechts Wohnung in der Steinfurter Straße.

Angesichts der Treppen, die zu bewältigen waren, blieb ich lieber im Auto sitzen. Allerdings verpaßte ich auch nichts, denn Stürzenbecher kam ohne den Ufologen zurück.

»Ausgeflogen«, berichtete er. »Die Typen aus der Wohnung nebenan wissen auch nicht, wo er steckt.«

»Er könnte sich bei Angernagel verkrochen haben«, vermutete ich.

Unterwegs forderte Stürzenbecher Verstärkung an, und vor dem weißen Haus in Nienberge-Häger stießen Oberkommissar Beckmann und Kommissarin Kleinhaupt zu uns. Sie musterten mich mit vielsagenden Blicken, enthielten sich aber jeglicher Kommentare über mein Äußeres.

Angernagel war auf unser Kommen vorbereitet. Er tat das Beste, was er in seiner Situation tun konnte, er trat die Flucht nach vorn an und zeigte sich bis zur Schleimigkeit kooperationsbereit: »Ich hätte Sie ohnehin in den nächsten Minuten angerufen. Peter Hofknecht hält sich in meiner Privatwohnung im ersten Stock auf. Er hat mir seine ...«, Angernagel schnappte vor lauter Empörung nach Luft, »... höchst verwerfliche Tat gestanden. Lassen Sie mich klarstellen, daß ich von seiner Absicht nichts wußte und so etwas natürlich keinesfalls gebilligt hätte.«

Ich klatschte Beifall. »Was für ein niedliches Bauernopfer.«

Das Gesicht des Therapeuten verzerrte sich zu einer Grimasse. »Sie Schläger! Mit Ihnen rede ich überhaupt nicht.«

Stürzenbecher nickte. »In Ordnung. Auf Ihre Rolle kommen wir später zu sprechen. Ist Hofknecht bewaffnet?«

Angernagel war einen Moment irritiert. »Nein. Das halte ich für ausgeschlossen.«

Der Hauptkommissar schickte seine beiden Untergebenen nach oben, um Hofknecht zu verhaften.

Währenddessen plapperte Angernagel weiter: »Zuerst habe ich gezögert, aber inzwischen bin ich zu dem Entschluß gekommen, daß es meine Pflicht ist, eine Straftat zur Anzeige zu bringen. Dieser Mann da«, er zeigte auf mich, »hat mich tätlich angegriffen und im Gesicht verletzt. Hier, der Bluterguß an meiner Lippe ist der Beweis.«

Stürzenbecher stand an der Tür und betrachtete konzentriert das Treppenhaus.

»Ist das wahr, Wilsberg?«

»Kein Wort«, sagte ich. »Wir hatten eine rein verbale Auseinandersetzung. Dann ist er gestolpert und unglücklich auf eine Sessellehne gefallen.«

»Lüge«, keifte Angernagel. »Peter Hofknecht ist mein Zeuge.«

Ich grinste. »Ein schlechter Zeuge, zumal er überhaupt nichts gesehen hat.«

Im oberen Stockwerk ertönten ein paar scharfe Kommandos. Dann gab es ein Poltern auf der Treppe, Beckmann und Kleinhaupt schleppten den mit Handschellen gefesselten Hofknecht herunter.

»Bringt ihn ins Präsidium!« sagte Stürzenbecher. »Ich nehme ihn mir gleich vor.«

Hofknecht blickte hilfesuchend zu Angernagel, aber der Therapeut kontrollierte die korrekte Länge seiner Fingernägel.

»Und nun zu Ihnen«, wandte sich Stürzenbecher wieder an Angernagel, als die drei verschwunden waren. »Sagt Ihnen der Name Koslowski etwas?«

»Nein. Wer ist das?«

»Koslowski *war* ein Kollege des Herrn Wilsberg. Er

ist vor einigen Tagen in den Rieselfeldern erschossen worden.«

»Ach so. Davon habe ich in der Zeitung gelesen.«

»Ein merkwürdiger Zufall, nicht wahr, Herr Angernagel? Zwei Privatdetektive, die sich für Ihre Praxis interessieren, werden innerhalb weniger Tage Opfer von Mordanschlägen. Könnte es sich Peter Hofknecht zur Aufgabe gemacht haben, jeden zu beseitigen, der Ihre gutgehenden Geschäfte stört?«

Angernagel erstarrte. »Was unterstellen Sie da, Herr Kommissar?«

»Das war eine Frage«, bellte Stürzenbecher. »Hat Hofknecht Ihnen gegenüber zugegeben, Koslowski getötet zu haben?«

»Nein, das hat er nicht. Der Name Koslowski war mir bis gerade eben gänzlich unbekannt.«

»Ich bin gespannt, was Hofknecht dazu sagt«, knurrte der Hauptkommissar. »Und – das können Sie mir glauben, Herr Angernagel – sobald sich nur der kleinste Hinweis ergibt, daß Sie von den Anschlägen wußten oder an ihnen beteiligt waren, wird es mir ein Vergnügen sein, Sie aus dem Verkehr zu ziehen.«

Der Therapeut war beleidigt. »Was haben Sie denn gegen mich und meine Arbeit?«

»Ich habe eine Tochter, die in dem gleichen Alter ist wie die jungen Frauen, denen Sie einreden, daß Außerirdische ihnen das Leben schwer machen.«

»Ich rede niemandem ...«

»Und Sie versteuern die Honorare, die Sie von Ihren Patienten kassieren, immer ganz ordnungsgemäß?«

Angernagel wurde weiß wie ein Biojoghurt. »Was hat das jetzt ...«

Stürzenbecher grinste böse. »Ein guter Freund von mir arbeitet bei der Finanzbehörde. Er ist dankbar für Tips, die Steuerhinterziehung betreffen.«

Ich begleitete den Hauptkommissar ins Polizeipräsidium. Einerseits mußte ich noch meine Aussage zu den Geschehnissen am Max-Clemens-Kanal machen, andererseits war ich gespannt, was die Vernehmung Hofknechts erbringen würde.

Nachdem ich der Kommissarin Kleinhaupt den Tathergang in die Schreibmaschine diktiert und in der Raucherecke auf dem Flur einen Zigarillo geraucht hatte, tauchte Stürzenbecher auf.

Der Elan, der ihn noch vor einer Stunde beflügelt hatte, war verflogen. »Als Mörder von Koslowski können wir Hofknecht vergessen«, sagte er müde. »Hofknecht war an dem Abend auf einer Party und hat zehn Zeugen, die ihm für die Tatzeit ein Alibi geben.«

»Und die Sache auf der Kanalstraße?«

»Die gibt er zu. Daß du seinem geliebten Therapeuten eins auf die Lippe gegeben hast, hätte bei ihm zu einer Kurzschlußhandlung geführt. Ich werde dem Staatsanwalt trotzdem empfehlen, wegen Mordversuchs anzuklagen. Kann allerdings sein, daß Hofknecht mit Körperverletzung davonkommt. Je nachdem, wie geschickt sein Anwalt ist.«

»Herr Stürzenbecher, ein Kollege aus Frankfurt-Oder möchte Sie sprechen«, unterbrach uns Kommissarin Kleinhaupt. »Es geht um Knieriem.«

Der Hauptkommissar sprintete zu seinem Büro, ich folgte, meiner gesundheitlichen Verfassung entsprechend, gemessenen Schrittes.

Das Telefon am Ohr, streckte mir Stürzenbecher einen erhobenen Daumen entgegen. Dann hörte er weiter zu, gab euphorische Grunzlaute von sich und wiederholte zweimal den Namen Waldemar Weber.

»Knieriem ist an der deutsch-polnischen Grenze geschnappt worden«, verkündete er anschließend. »Er hat einen Paß auf einen anderen Namen benutzt, aber den

Kollegen vom Zoll ist die Fälschung aufgefallen. Sie haben den Wagen auseinandergenommen und dabei den Knieriem-Paß entdeckt. Beim Fingerabdruck-Vergleich stellte sich heraus, daß der Kerl in Wirklichkeit Waldemar Weber heißt und ein langes Vorstrafenregister hat. Frau Kleinhaupt, geben Sie doch mal Waldemar Weber in den Computer ein! Mir schwant da etwas.«

»Bingo«, sagte die Kommissarin eine halbe Minute später. »Weber ist 1986 in Münster verhaftet worden. Der Kollege, der die Ermittlungen geführt hat, hieß Hjalmar Koslowski.«

Stürzenbechers Augen leuchteten. »Das ist es. Weber hat Koslowski erkannt und jemanden auf ihn angesetzt. Koslowski muß gemerkt haben, daß er verfolgt wurde. Er hat die Kassette versteckt und versucht, den Verfolger abzuhängen.«

»Ohne Erfolg«, stellte ich nüchtern fest.

»Ja.« Dem Hauptkommissar wurde bewußt, daß ich seine Freude nicht teilen konnte. »Koslowski ist tot, und vor uns liegt noch eine Menge Arbeit.«

XIV

Doktor Paulus begleitete mich zum Besuchszimmer.

»Sie ist zwar schon wieder auf den Beinen, aber noch nicht sehr belastbar. Also vermeiden Sie bitte Reizthemen wie Entführungen durch Außerirdische! Ich weiß nicht, wie sie darauf reagieren wird. Und wenn sie selbst damit anfängt, seien Sie ein netter, geduldiger Zuhörer, der nicht widerspricht oder provoziert. Frau Nebel muß sich erst allmählich wieder in unserer Welt zurechtfinden.«

Ich versprach, alle Vorgaben zu beachten.

Sandra trug einen Bademantel über einem Nachthemd, beides aus klinikeigenen Beständen, wie an dem etwas schmucklosen Design zu erkennen war. Ihre Haare hingen ungebändigt herunter, und ihre Wangen waren fahl und eingefallen. »Ich sehe schrecklich aus.«

»Du siehst toll aus, wie immer.«

Sandra grinste. »Ich bin nicht so verrückt, daß ich eine Lüge nicht als Lüge erkenne, Georg Wilsberg.«

Wir setzten uns auf zwei geblümte Sessel.

»Wie geht's dir?« stellte ich die Standard-Krankenhausfrage.

»Etwas wackelig, aber ansonsten ganz okay. Die Leute hier sind nett, besonders Doktor Paulus, und es tut mir gut, nicht allein zu sein.« Sie seufzte. »Ich weiß auch nicht, was vorletzte Nacht los war. So schlimm war es noch nie. Ich hab's einfach nicht mehr in meiner Wohnung ausgehalten. Ganz schön blöd, in Unterhose auf der Straße zu stehen.«

»Es war ja Nacht«, relativierte ich. »Vermutlich hat es kaum jemand mitbekommen.«

»Nein, ich habe gesehen, daß viele hinter den Fenstern standen. Das ist ja das Komische, ein Teil meines Verstandes hat völlig normal reagiert. Ich wußte, daß sie denken: Guck mal, die Kleine ist übergeschnappt. Der alte Lütgenkamp wäre fast aus dem Fenster gefallen, solche Stielaugen hat er gekriegt.«

»Dein Nachbar?«

»Der geile, alte Bock. Wollte mich überreden, ins Haus zurückzugehen. Als würde ich mich zum Spaß halbnackt präsentieren. Die Situation war mir wahnsinnig peinlich, verstehst du?« Sie schniefte. »Aber ich konnte nicht zurück, es ging einfach nicht, ich hatte zuviel Angst. Im Grunde war ich ganz froh, als endlich der Streifenwagen auftauchte und ich in die Klinik gebracht wurde. Ich fühlte mich plötzlich erleichtert, als hätten andere die Verantwortung für mich übernommen. Ich mußte nicht mehr entscheiden.«

Ich nickte. »Übrigens, der Mord an Koslowski ist so gut wie aufgeklärt.«

»Erzähl!« forderte sie mich auf.

Ich berichtete von der Verhaftung Holger Knieriems, alias Waldemar Weber, und den Vermutungen, die Stürzenbecher und ich bezüglich der Geschehnisse am Abend vor Koslowskis Tod angestellt hatten.

»Und wann hast du dich geprügelt?« fragte Sandra.

»Ach, das.« Ich faßte an das Pflaster, das die Schnittwunde an meiner Stirn verdeckte. »Ich hatte einen Autounfall.«

Sie runzelte die Stirn. »Ein ziemlich heftiger Unfall. Glaub ja nicht, daß ich nicht gemerkt habe, wie schwerfällig du dich bewegst.«

»Ich bin im Graben gelandet.«

»Einfach so?«

»Nein.«

»Was soll das jetzt? Möchtest du, daß ich rate?«

»Doktor Paulus hat mir empfohlen, jedes Reizthema zu vermeiden.«

Sandra lachte. »Sag nicht, daß es die Außerirdischen waren!«

»Quatsch. Peter Hofknecht hat mich von der Straße gedrängt. Vorher hatte ich eine lautstarke Auseinandersetzung mit Friedhelm Angernagel, bei der Hofknecht Zeuge wurde. Er dachte wohl, er würde seinem Guru einen Gefallen tun, wenn er mich ins Jenseits beamt.«

»Dieses Schwein!« Sandra wurde ernst. »Ich hoffe, man hat ihn verhaftet?«

»Ja, und Angernagel bekommt Ärger mit dem Finanzamt. Soweit ist alles bestens geregelt.«

»Sag mal!« Sie schaute mich forschend an. »Bei deinem ursprünglichen Auftrag, den Selbstmord von Corinna Lahrmann zu untersuchen – bist du da zu einem Ergebnis gekommen?«

»Ich habe einen Verdacht«, antwortete ich ausweichend. »Aber mir fehlen noch ein paar Puzzleteile.«

»Du möchtest nicht darüber reden?«

Ich schüttelte den Kopf. »Dafür ist es noch zu früh.«

Es entstand eine Pause, bei der uns beiden bewußt wurde, daß wir nicht in einem Café oder einer Kneipe saßen und gemütlich plauderten. In einem Krankenhaus haben Gesprächsunterbrechungen immer etwas entsetzlich Ernüchterndes.

Schließlich löste Sandra die Spannung auf, indem sie sagte: »Ich glaube, du gehst jetzt besser, ich fühle mich etwas müde. Könntest du mir einen Gefallen tun?«

»Gerne.«

»Holst du mir ein paar Sachen aus meiner Wohnung? Ich denke, ich bleibe noch eine Weile hier.«

Ich schaute abwechselnd auf das Foto in meiner Hand und auf die Horden von Jugendlichen, die sich noch auf dem Schulhof des Ratsgymnasiums oder bereits auf dem Bohlweg tummelten. Auf Anhieb entdeckte ich zwanzig unscheinbare Jungen, die entweder André waren oder ihm doch zumindest sehr ähnlich sahen. Einige trugen grüne Parkas, andere nicht. Etwas verwegen von mir anzunehmen, daß ich den Elektronikteufel der Pfefferhorsts aufgrund eines verschwommenen Fotos identifizieren könnte, zumal – das fiel mir jetzt erst ein – Lara nicht einmal den Nachnamen ihres Verfolgers genannt hatte.

Aber für Kritik und Selbstkritik war später immer noch Zeit. Ich steckte das Foto ein und stieg aus dem Mietwagen, den ich mir besorgt hatte. Da ich es endlich geschafft hatte, rechtzeitig am Ort des Geschehens zu sein, wollte ich wenigstens den Versuch wagen.

Ich schnappte mir den ersten potentiellen André, der mir über den Weg lief, und stellte ihm die Gretchenfrage: »Heißt du André?«

»Nee. Und ich kaufe keine Drogen.«

»Gibt's in deiner Klasse eine Lara?«

»Eine? Es gibt vier.« Er ließ mich stehen.

»Ich meine Lara Pfefferhorst«, schrie ich ihm nach.

Die Antwort verstand nur der Wind.

Nach zwei weiteren vergeblichen Versuchen erblickte ich Lara höchstselbst.

»Sie haben sich aber Zeit gelassen«, begrüßte sie mich mürrisch. »Mein Alter kriegt einen Nervenschock nach dem anderen. Seitdem Sie da waren, stellt er mir dauernd blöde Fragen.«

»Ich habe noch andere Jobs«, erwiderte ich reserviert. »Aufträge, bei denen es um Leben und Tod geht, wenn du verstehst, was ich meine.«

Sie nölte: »Boh! Muß ich jetzt vor Ehrfurcht im Boden versinken?«

»Zeig mir lieber deinen André!«

»Das ist der Wichser da drüben.« Sie wies auf einen Burschen, den ich garantiert nicht für André gehalten hätte.

André zog den Kopf zwischen die Schultern und täuschte ein intensives Gespräch unter Kumpeln vor.

»André, kann ich dich mal kurz sprechen?«

»Wer sind Sie denn?«

»Wilsberg. Privatdetektiv.« Ich gab ihm eine meiner Karten.

»Und? Was wollen Sie von mir?«

»Unter vier Augen. Bitte!«

»He, Mann, sollen wir Hilfe holen?« wandte sich einer der Halbwüchsigen an André.

»Ist nicht nötig«, sagte ich. »Ihm wird nichts passieren. Wir gehen nur zehn Schritte zur Seite, okay?«

»Der Typ sieht echt mies aus«, kommentierte der Aufmüpfige. »Mit so einem würde ich mich nicht unterhalten.«

André grinste unsicher. »Ich kann mir ja mal anhören, was er zu sagen hat.«

Dann folgte er mir mit hängenden Schultern.

»Also«, sagte ich mit leiser Stimme, so daß die anderen trotz gespitzter Ohren nichts mitbekamen, »du hast zwei Möglichkeiten: die harte Tour oder die weiche Tour.«

»Was haben Sie eigentlich für ein Problem?«

»Spiel nicht den Dummen, André! Möchtest du wissen, wie die harte Tour aussieht?«

»Bei der harten Tour nageln Sie mich aufs Pflaster, richtig?«

»Nein. Ich bin kein Schläger, obwohl ich vielleicht so aussehe. Bei der harten Tour bekommst du eine Strafanzeige wegen Sachbeschädigung und grobem Unfug. In meinem Detektivbüro arbeiten einige Computerexperten, die dich einwandfrei als Urheber der elektronischen Phänomene im Haus der Pfefferhorsts identifiziert haben. Die Strafanzeige führt zu einem Gerichtsverfahren. Da du minderjährig bist, kommst du mit ...«, ich hob eine Augenbraue, als würde ich die Sache durchrechnen, »... ungefähr fünfhundert Stunden Arbeitseinsatz im Zoo davon. Abgesehen von dem Ärger, den dir deine Eltern machen, natürlich.«

»Und die weiche Tour?«

»Ah. Die weiche Tour ist ein supertolles Angebot. Du versprichst, daß du den Unfug sofort einstellst. Außerdem hörst du damit auf, Lara nachzulaufen. Damit wäre das ganze Problem erledigt. Keine Anzeige, kein Ärger, kein Zoo.«

»Lara hat mich zuerst angemacht«, wagte André einen Einwand.

»Und wenn schon! Es ist einfach uncool, den Frauen auf den Geist zu gehen. Ich gebe dir eine halbe Minute für die Entscheidung.«

»Ich wähle die weiche Tour«, sagte er schnell.

Etwas schwieriger war das Telefongespräch mit Herrn Pfefferhorst.

»Na endlich!« meckerte er. »Ich dachte schon, Sie wären total unzuverlässig.«

Ich teilte ihm mit, daß er von jetzt an keine Belästigungen mehr zu erwarten habe.

»Und wie heißt das Arschloch, dem ich das alles zu verdanken habe?«

»Das kann ich Ihnen leider nicht sagen.«

»Was heißt, Sie können es mir nicht sagen? Jemand hat uns wochenlang terrorisiert. Ich will denjenigen verklagen. Ich verlange Schmerzensgeld. Ich möchte, daß er – oder sie – im Gefängnis landet.«

»Tut mir leid, Herr Pfefferhorst, das wird nicht möglich sein.«

»Tut mir leid. Tut mir leid«, äffte er mich nach. »Damit kommen Sie bei mir nicht durch.«

Ich blieb ruhig und erklärte ihm die Lage: »Ich habe mit der Person, die die Störungen verursacht hat, eine Vereinbarung getroffen. Sie wird Sie ab sofort nicht mehr behelligen. Im Gegenzug habe ich der Person versprochen, daß sie keine Nachteile, insbesondere straf- oder zivilrechtlicher Art, zu erwarten hat.«

»Sie sind überhaupt nicht berechtigt, ein solches Versprechen abzugeben«, keifte Pfefferhorst.

»O doch«, widersprach ich. »Mein Auftrag lautete, die Quelle der Störungen zu finden und sie zu beseitigen. Genau das habe ich getan.«

»Und dafür verlangen Sie wohl auch noch Geld«, höhnte er.

»Richtig, Herr Pfefferhorst. Ich werde gleich die Rechnung schreiben.«

»Wie hoch?«

»Nun, nach der derzeit gültigen Preisliste vier ...«, ich schaltete den Computer ein und rief das Spiel *Solitär* auf, »... müssen wir tausend Mark berechnen.«

»Tausend Mark?« Seine Stimme überschlug sich.

»Korrekt, Herr Pfefferhorst. Fünfhundert für die geleistete Arbeit und fünfhundert als Erfolgsprämie.«

»Die Erfolgsprämie können Sie sich von der Backe putzen. Ohne den Namen des Übeltäters zahle ich keine Erfolgsprämie.«

»Tja«, sagte ich mit einem gewissen Bedauern, »ich fürchte, dann kann ich nicht dafür garantieren, daß die merkwürdigen Phänomene in Ihrem Haus tatsächlich aufhören.«

»Soll das eine Erpressung sein?«

»Aber ich bitte Sie, Herr Pfefferhorst! Ich stelle nur den Zustand wieder her, den ich bei Beginn meiner Ermittlungen angetroffen habe. Sehen Sie, wenn Sie einen Teppich auf Rechnung kaufen und dann die Rechnung nicht begleichen, kommt die Teppichfirma und holt den Teppich wieder ab. Genau das Gleiche mache ich auch.«

Das sah er ein.

XV

Während der Zugfahrt nach Bremen las ich die Tageszeitung von vorne bis hinten. Ich war erstaunt, wie viele Krisen, kriegerische Konflikte und ausbrechende Virenepidemien mir in den letzten Tagen entgangen waren. Möglicherweise, überlegte ich, wäre es ein interessantes Thema für eine medizinische Langzeituntersuchung, herauszufinden, ob Menschen, die keine Nachrichten lesen oder hören, eine höhere Lebenserwartung haben als diejenigen, die sich ihre tägliche Dosis Horror abholen.

Katja Lahrmann-Tiemens Freude über meinen Telefonanruf hatte sich in engen Grenzen gehalten. Es bedurfte erheblicher Überredungskünste, um sie zu einem Treffen zu bewegen. Widerwillig räumte sie mir schließlich eine halbe Stunde ein. In einem Café in der Bremer Innenstadt.

Da ich genug Zeit hatte, nahm ich den Fußweg vom Hauptbahnhof zum Rathaus. Unterwegs begegnete mir an allen Plakatwänden eine in blau-weiße Tracht gekleidete Fischersfrau, die ein Tablett mir Fischen und Schalentieren in ihren starken Händen hielt und für Fischrestaurants in Bremerhaven warb. Anscheinend hatte die Werftenkrise aus Bremerhaven ein romantisches Fischerdorf gemacht.

Das Café in der Obernstraße wurde hauptsächlich von rauchenden Frauen mit tiefen Stimmen frequentiert.

Ich hatte bereits ein halbes Kännchen Kakao getrunken, als Katja Lahrmann-Tiemen erschien. Sie sah so elegant und teuer aus, wie ich sie in Erinnerung hatte.

Aber das Lächeln hinter ihrer Make-up-Maske wirkte verunsichert.

»Ich hätte nicht gedacht, daß wir uns noch einmal wiedersehen«, wählte sie die kühle, norddeutsche Eröffnung für unser Gespräch.

»Ich auch nicht«, erwiderte ich ebenso untemperiert. Die Zeit des Charmes war vorbei.

Sie setzte sich. »Und warum dann dieses konspirative Treffen?«

Ich schaute sie unschuldig an. »Was ist an unserem Treffen konspirativ?«

»Ihre geheimnisvollen Andeutungen. Warum konnten Sie mir nicht am Telefon sagen, was Sie von mir wollen? Was ist so wichtig, daß Sie sich extra nach Bremen bemühen müssen?«

»Ich will Ihre Reaktion sehen«, sagte ich. »Die letzten beiden Wochen waren ziemlich fürchterlich. Mein Partner ist ermordet worden, beinahe wäre ich selbst einem Mordanschlag zum Opfer gefallen. Natürlich hat das alles nur bedingt mit Ihrem Auftrag zu tun, eigentlich fast gar nichts. Und doch, ganz nebenbei bin ich auch auf die Lösung gestoßen.«

Katja Lahrmann-Tiemen erstarrte. Zum Mißfallen der Kellnerin, die ungeduldig auf ihre Bestellung wartete.

»Möchten Sie etwas trinken, oder soll ich später noch einmal wiederkommen?«

»Eine Tasse koffeinfreien Kaffee«, sagte Lahrmann-Tiemen unkonzentriert. Und zu mir: »Der Fall ist abgeschlossen. Das habe ich Ihnen doch unmißverständlich klargemacht.«

»Ich verlange kein Honorar. Unser kleines, gemütliches Gespräch ist sozusagen meine eigene Belohnung für die geleisteten Bemühungen.«

»Es interessiert mich nicht, was Sie herausgefunden haben. Ich will es nicht hören.« Sie schaute sich um.

»Ich glaube, es war ein Fehler, daß ich hierher gekommen bin.«

»Nein, das war es nicht«, beteuerte ich. »Ihre Schwester ist als Kind sexuell mißbraucht worden. Ich weiß nicht, ob es nur einmal geschehen ist oder öfter. Erfahrungswerte vergleichbarer Fälle sprechen allerdings dafür, daß sich der Mißbrauch wiederholt hat, vielleicht sogar zu einer Art Gewohnheit geworden ist.«

»Wieso erzählen Sie mir solche Lügen?« zischte Lahrmann-Tiemen. »Treibt Sie irgendein perverses Vergnügen, mich zu schockieren?«

»Koffeinfreier Kaffee für die Dame«, sagte die Kellnerin und stellte eine Tasse ab.

»Wann ist Corinna zum ersten Mal von den Außerirdischen entführt worden? Im Alter von acht oder neun Jahren, nicht wahr? Ich nehme an, das war der Zeitpunkt, an dem es begann.«

»Hören Sie auf!« flüsterte Lahrmann-Tiemen.

»Ich hätte schon früher darauf kommen können. Die sexuellen Experimente, die die Außerirdischen in ihren Raumschiffen durchführen, ähneln einer ganz gewöhnlichen, irdischen Vergewaltigung. Doch ausgerechnet Angernagel, dieser Idiot, mußte mich auf die Lösung stoßen. Unter Hypnose hat Corinna ihm von den schrecklichen Erlebnissen in ihrer Kindheit berichtet. Aber Angernagel ist nicht an den Leiden seiner Patienten interessiert, weil er überall kleine graue Männchen sehen will. In seiner grenzenlosen Borniertheit und Verblendung hat er Corinna eingeredet, sie sei von Außerirdischen entführt worden, und das, was ihr zu schaffen mache, sei nichts weiter als eine von den Außerirdischen eingepflanzte Tarnerinnerung. Vielleicht hat Corinna diese Deutung dankbar akzeptiert, denn dadurch mußte sie sich nicht der Wahrheit stellen. Und sicher hat ihr UFO-gläubiger Freund Peter Hofknecht das Seine dazu getan, sie auf den Irrweg zu leiten. Trotzdem konnte Corinna mit dem, was da hochgekommen war, nicht fertig werden. Sie projizierte ihre Ängste von nun an auf die Außerirdischen und fürchtete sich umso mehr vor den eingebildeten Entführungen.«

»Hören Sie endlich auf!«

Ich tippte mir an die Stirn. »Ich habe Corinnas Abschiedsbrief gelesen und nicht begriffen, daß er einen Vorwurf enthielt. Corinna schreibt, ich zitiere sinngemäß: ›Sag Katja, daß ich ihr für alles danke!‹ Sie allein werden erwähnt. Wie kommt es, daß Ihre Schwester, die doch angeblich ein so gutes Verhältnis zu ihren Eltern hatte, es nicht für nötig hält, ein einziges Wort an ihre Mutter zu richten? Oder an ihren Vater, der sie unterstützt hat, sehr großzügig unterstützt, zumindest *bevor* Corinna eine Beziehung zu einem anderen Mann einging.«

Katja Lahrmann-Tiemen öffnete ihren Mund, ohne einen Laut herauszubringen.

»Ihr eigener Vater hat sich an Corinna vergangen. Deshalb wollte er nicht, daß ich den Fall untersuche. Und ihre Mutter hat es gewußt. Das ist der Grund, warum mein Besuch in Schöppingen sie so erschüttert hat. Ich nehme an, Ihr Vater hat Ihnen die Wahrheit gebeichtet, damit Sie mich zurückpfeifen. Habe ich recht?«

Ihre Stimme war tonlos: »Ich war immer eifersüchtig auf Corinna. Sie war der Liebling meines Vaters. Bei Spaziergängen hielt er sie an der Hand oder legte ihr den Arm um die Schulter. Wie gern wäre ich an ihrer Stelle gewesen. Wie gern hätte ich ein so inniges Verhältnis zu meinem Vater gehabt. Ich hatte ja keine Ahnung, daß da noch mehr war ... Eines Abends, ich war fünfzehn oder sechzehn, bin ich früher als angekündigt nach Hause gekommen. Ich hörte Geräusche aus dem Zimmer meiner Schwester und habe angeklopft. Dann kam mein Vater heraus. Er hatte ein rotes Gesicht und wirkte irgendwie anders als sonst. Corinna lag in ihrem Bett, mit dem Gesicht zur Wand. Ich habe sie gefragt, ob es ihr gut gehe, aber sie blieb einfach stumm.«

Die Sätze wurden klarer und lauter. Nachdem der Bann gebrochen war, sprudelte es aus ihr heraus: »Ja, Sie haben recht. Mein Vater war hier und hat mir alles gestanden. Zuerst habe ich gar nicht begriffen, was er mir sagen wollte. Und ich verstehe immer noch nicht, wieso ich damals nicht die richtigen Schlüsse gezogen habe. Es geschah im Zimmer nebenan, mein Vater und meine Schwester hatten ...« Sie schüttelte den Kopf. »Ich habe nicht daran gedacht, weil ich es nicht denken wollte. Niemals hätte ich mir vorstellen können, daß so etwas tatsächlich passiert, in *meiner* Familie. Und meine Mutter hat sich ebenfalls taub und dumm gestellt. Ich glaube, meinem Vater ist erst durch den Tod von Corinna richtig klargeworden, was er getan hat.«

Sie verstummte.

»Werden Sie etwas gegen ihn unternehmen?« fragte ich.

»Was erwarten Sie von mir, Herr Wilsberg? Er ist mein Vater. Und ein gebrochener, alter Mann. Obwohl ich kein Mitleid für ihn empfinde. Auch nicht für meine Mutter. Ich will beide nicht mehr sehen. Ich habe Kinder. Allein die Vorstellung, daß er mit ihnen spielt ...« Sie schaute mich an. »Und Sie? Werden Sie ihn anzeigen?«

»Das Opfer ist tot, und die Taten sind vermutlich verjährt. Ganz abgesehen davon, daß sie wahrscheinlich nicht mehr zu beweisen sind. Nein, Frau Lahrmann-Tiemen, der Fall ist für mich abgeschlossen.«

Auf dem Rückweg zum Bahnhof überlegte ich, was ich empfand. Genugtuung war es nicht. Eher Leere und Müdigkeit. Manche Fälle sind so. Selbst wenn man sie löst, bleiben sie ein Greuel.